Barbara Traber   **Härzchlopfe u weichi Chnöi**

Barbara Traber

Härzchlopfe u weichi Chnöi

Bärndütschi Liebesgschichte

LICORNE

Dieses Werk ist urheberrechtlich geschützt. Alle Rechte der Vervielfältigung, der Fotokopie sowie der Verwendung in elektronischen und multimedialen Medien liegen beim Verlag. Ohne dessen ausdrückliche Zustimmung ist eine Verwendung unzulässig und wird geahndet.

© Copyright 2006 Licorne-Verlag, Bern Langnau Murten
Verleger: Markus F. Rubli, Murten
Umschlagfoto: Markus Traber, Worb
Satz: Atelier Mühlberg, Basel

ISBN 3-85654-163-2

Verlagsgründung 1844
durch Friedrich Wyss in Langnau im Emmental

www.licorne.ch
www.traber-traber.ch

Inhalt

7 Früeligmorge
9 D Fabrigg
21 D Brigitte u der Arafat
27 Der Aaghimmlet
31 Schwarz
43 Der Admiral
48 Es Wuchenänd z Paris
57 Es abbrönnts Zündhöuzli
61 Pellworm u Norderoog
77 Venedig
82 Zwänzg Etappe
97 Poschtcharte
102 Ophelia
107 Frömdi ir Nacht
121 Ds Trambillet
125 Nöiaafang
133 Muki u Kiki
139 Verloreni Freiheit

Früeligmorge

Ändi März, e Mändigmorge. Der Bus vou Lüt, wo müesse ga schaffe u no nid ganz wach sy. U da gsehn i se: es Paar, nümm ganz jung, no nid aut. Hand i Hand hocke si da, ynenand versunke, no nid ganz wach nach ere Liebesnacht. Beidi sy vermuetlech keni Schwyzer, ömu nid vo hie, ender us emene südleche oder orientalische Land, u dass si sech gfunde hei, isch drum, ir Frömdi, dopplet wichtig, u si chöi hie zäme i irer Muetersprach rede. I bi fasch sicher, ringsum würd se niemer verstah, aber bis zum Bahnhof schwyge si.

Im aueriletschte Momänt styge si uus. Wiu der Bus hie no es paar Minute wartet, bevor er wyterfahrt, chan i se beobachte. Si blybe stah, zmitts uf em Trottoir, sötte sech verabschide, i verschideni Richtige gah, sech trenne für hütt, vilicht für lengeri Zyt. Es wird ne so oder so en Ewigkeit vorcho, bis si sech wider chöi gseh. Si isch e Chopf chlyner aus är, luegt zue nem ufe, nid devot, ender zärtlech, er isch nid der Macho-Typ. Er chüschelet ere öppis i ds Ohr, redt nächär uf sen y, ganz schnäu u intensiv, wi wen er öppis ganz Wichtigs müesst loswärde oder erkläre, u si lost em zue. Es chunt mer vor, wi we si jedes Wort würd schlürfe wi choschtbare Wy. U glychzytig strychlet er mit beidne Händ über iri Schultere, wi wen er würd d Flügle vomenen Ängu berüere, wo numen är gseht.

No nes Müntschi – u si müesse sech jitz Adiö säge. Si gö schnäu usenand, jedes i ne anderi Richtig, u luege nümme zrügg.

No lang chan i das Paar nid vergässe, wo a däm Früeligmorge wi imene Theaterstück oder ineren Opere d Liebi dargsteut het, dass me mit ne glitte u ghoffet het, si wärde sech gly wider finde. Für geng.

D Fabrigg

Zum erschte Mau eleini inere frömde Stadt läbe, di erschti Steu, ds erschte säuber verdiente Gäut – u das z Gänf, i dere internationale Stadt am See. I ha ne Steu aus Korreschpondäntin inere Fabrigg gfunde, wo öppis mit Legierige u mit em Schlyffe vo Metau u Uhresteine z tüe het gha; was genau, han i chuum je begriffe, i ha ja nume d Ufgab gha, Briefe u Offerte z tippe, wo mer d Diräktionssekretärin i irem gepflegte Französisch diktiert het u won i mängisch o uf Italiänisch oder Änglisch ha müessen übersetze. Es isch nid grad das gsi, won i mer gwünscht hätt aus Arbeit, aber es isch denn üeblech gsi, es Jahr i ds Wäutsche z gah, *pour perfectionner son français*, wi me däm gseit het.

Es Zimmer han i o gfunde, der Personalchef ir Fabrigg het mer eis vermittlet, zimlech wyt ewägg vom Arbeitsplatz, uf em Plateau de Champel, u scho denn isch es tüür gsi, z Gänf z wohne.

I ha mi gfröit uf my erschti Steu u bi vou Gwunder uf aus Nöie z Gänf aacho. Scho gly han i gmerkt, dass es gar nid so liecht isch, eleini z sy u ke Mönsch z kenne inere frömde Stadt. Myre Schlummermueter, ere magere, eutere Mademoiselle us guetem Huus, wo mängisch sogar isch ga ryte, bin i müglechscht us Wäg ggange, die het nämlech geng uf mi gwartet, si het mi weue i Beschlag näh u vor auem kontrolliere. We si mi gseh het, het si ungloublech schnäu uf my ygredt u mi nümm weue la gah, bis i en Usred gfunde ha, i mües jitz no das u das mache oder ga ychoufe. I ha i mym winzige Zimmer im zwöite

Stock vomene herrschaftleche Huus mit emene Touchsieder dörfe Wasser choche, aus anderen isch nid erloubt gsi. O ds Badzimmer han i dörfe bruuche, u wen i ha weuen es Bad näh, het das zuesätzlech e Franke für ds heisse Wasser gchoschtet. Zwöimau ir Wuche isch e Putzfrou cho, e Spaniere, het gstoubsugeret u di kitschige Nippsache, aus Souvenirs vo früechere Reise, wo d Mademoiselle einisch gmacht het, müessen abstoube.

D Wuche dür – d Füftagewuche isch no nid ygfüert gsi – bin i am Morge früe us em Huus i ds Fabriggbüro ga schaffe u ersch am Aabe wider heicho, geng z Fuess, u de bin i froh gsi, es Bett u my Rue z ha. Am Sunntig han is nid lang usghaute i mym änge Zimmer; gäge Mittag bin i zur Wonig usegschliche u stundelang ga spaziere u nahdisnah ga d Stadt, der See mit de grosszügige Promenade u Pärk u d Umgäbig entdecke: Carouge, Cologny, Ferney-Voltaire, der Mont Salève. D Autstadt mit em Ufstiig vo der Rhonen uus d Grand-Rue zdüruuf, mit der Kathedrale St-Pierre, der Place du Bourg-de-Four u über d Promenade de St-Antoine het mer bsunders guet gfaue. Meischtens bin i no ar Eglise Russe verby mit de guldige Zibeletürm, u ne Momänt lang han i dört der Ydruck gha, wyt ewägg z sy, ömu nümm ir Schwyz.

Scho ir erschte Wuche han i gmerkt, dass zoberscht im Huus, inere Mansarde, wo früecher es Dienschtmeitlizimmer isch gsi, e Studänt gwohnt het. Dä *jeune homme* heissi Pierre u studier Medizin, het mer d Mademoiselle verzeut, u mängisch han i ne mit emene Brot under em Arm gseh us der Beckerei vis-à-vis cho u nächär i autmodisch Lift mit Spiegle un ere Gittertür ystige u i d Freiheit ufefahre. I wär o viu lieber dört obe inere Mansarde gsi, unabhängig u ohni dä ganz Schnickschnack um mi ume u das schrecklech kitschige Biud mit Jeger u Hirsche imene Guldrahme, wo i mym Zimmer über em Bett ghanget isch. Schad, dass i dä Studänt so säute gseh ha. Er het aube nume churz *bonjour* gseit, sy Poscht us em Briefchaschte gno, u scho isch er im Lift verschwunde, un i ha nem no nachegluegt, er isch mer nämlech sympathisch gsi.

U wiu i meischtens echly einsam bi gsi – nid unaagnähm, das han i o mau weuen erläbe, das het nid gschadt –, het sech my Phantasie mit däm Pierre afa beschäftige. I hätt ne so gärn weue lehre kenne. Wi macht me das?, han i mer überleit. Hätt i ne söue aarede, ne öppis frage uf Französisch? I has nid gwagt, i bi denn viu z schüüch gsi.

Wo mer du einisch d Schlummermueter gseit het, der Monsieur Pierre heig mi ir Viktoria Hall amene Konzärt gseh, bin i ganz glücklech gsi. Auso kennt er mi u het gmerkt, dass mer sogar gmeinsami Inträsse hei, han i ddänkt. Es cha ja sy, dass er grad viu mues lehre für nes Exame u ke Zyt het... Wär weis...

I has nötig gha, echly chönne z tröime. I der Fabrigg nid wyt vo der Rhone, a der Rue de la Coulouvrenière, i däm aute, wüeschte, fyschtere Geböid, wos nach Schmieröl u Schweiss gschmöckt het, hets mer nid gfaue. D Büro vo der Diräktion sy im erschte Stock gsi, u dört het e Drache vo Diräktionssekretärin über üs Sekretärinne gregäntet. Mir sy zwo jungi Korreschpondäntinne gsi, wo im glyche Büro gschaffet hei, zäme mit eren eutere, nätte Gänfere.

Si het is ghulfe, we mer öppis nid begriffe hei, u het is aube tröschtet, d Chefin syg numen yfersüchtig, wiu mir no jung syge u ds Läbe no vor nis heige. D Mademoiselle Desbaillets – dä Name vergissen i nie! –, e luunischi Matrone mit üppigem Buese un eme schrecklech süesse Parfum, het is regurächt plaget. Diktiert het si imene Wahnsinnstämpo u mit technischen Usdrück, wo mer no nie ghört hei gha. Erbarmigslos het si nächär mit em Rotstift jede Französischfähler u Tippfähler i de Briefe dick aagstriche, si het scharfi Ouge gha. Gumele isch nid erloubt gsi, u Tipp-Ex hets denn no nid ggä, un i ha geng wider müesse vo vornen aafa, u ha gschwitzt u uf der Schrybmaschine umeghacket u Müei gha mit de elegante Redewändige: *Etant donné que...* Lieber hätt i zum Fänschter ufe chly Platz vor der Fabrigg usegluegt, wo d Arbeiter ir Pouse groukt hei, u a Pierre ddänkt. Wen i d Diräktionssekretärin nume vo wytem gseh oder ghört ha, ischs mer ganz gschmuech worde. I ha nid gwüsst, win i das es ganzes Jahr lang Tag für Tag söu ushaute i däm Gfängnis! Hütt würd me däm Mobbing säge u sech wehre, synerzyt het me e settigi Behandlig müessen ertrage, süsch wär me schnäu uf der Strass gstande. Di erschti Steu het me o nid eifach dörfe chünde, das mach sech nid guet im Läbeslouf, hets gheisse.

Mängisch han i übere i ds technische Büro öppis müesse ga bringe oder ga frage, u dört hets o ne Dütschschwyzer gha, e koufmännische Aagsteute, der Erich. Er isch öppe zwöi Jahr euter gsi aus ig u het scho nes eigets Outo gha, denn e Säuteheit. Er het mi unbedingt nach em

Fyrabe weue zumene Glas Wy ylade, aber i ha geng wider en Usred gha. Viu lieber han i heimlech a Pierre ddänkt.

Der Erich het nid ufggä, bis i du doch einisch z Mittag mit em bi ga ässe, u füre Sunntig druuf het er vorgha, mit emene Kolleg u däm syre Fründin e Passfahrt z mache. I söu doch o mitcho, het er mi ddrängt. Schliesslech han i zuegseit, auerdings ohni grossi Begeischterig.

Grimsel–Furka, e klassischi Passfahrt, wis denn Moden isch gsi. Stousee, Muure, e waudlosi, echly ödi Gäget. Mir ischs im Outo zimlech schlächt worde vo au dene Kurve, u der Erich het mer natürlech mit syne Fahrkünscht weuen imponiere. Hinden im Wage het ds andere Pärli gschätzelet, u mir ischs echly pynlech gsi, wiu i so gar keni Gfüeu ha gha für en Erich. Er isch e Kolleg gsi, meh nid, u grad my Zrügghautig het ne vermuetlech no meh aagspornet, mi weue z erobere.

Mir sy uf em Pass obe öppis ga trinke u nächär hei mer e Spaziergang weue mache. Ds andere Pärli isch äng umschlunge voruus ggange, u undereinisch het der Erich mi a sech zoge u het mer es Müntschi ggä. Es isch so schnäu ggange, dass i mi nid ha chönne wehre. I ha di Szene wi vo usse beobachtet: zwöi Gsichter, wo sech naach sy cho, zwo Nase, wo im Wäg sy gsi, we me sech het weue küsse – u gspürt han i nüüt, rein nüüt ussert öppis unaagnähm Füechts. Frömdi Lippe. Ei grossi Enttüüschig! I wi viune Büecher han i scho wunderbari oder gheimnisvoui Beschrybige vom Küsse gläse gha? Aus nume Phantasie? Oder ischs a mir gläge? Han i öppis fautsch gmacht?

Uf der Rückfahrt han i mi druf gfröit, gly wider erlöst z sy: eleini. Lieber einsam aus eso mit öpperem zäme sy, wo me nid würklech gärn het, han i mer gseit. I ha gwüsst, e zwöite Sunntig opferen i nümm! I ha o ke Luscht meh gha, no einisch mit em Erich ga z ässe, u ha ghoffet, er heigs gmerkt u wärdi mi vo jitz aa i Rue laa. Es tüei mer Leid, i heig mi haut verliebt, i nen andere, o wes en unglücklechi Liebi syg, han i ihm probiert z erkläre, won er am Mändig trotz auem wider e nöie Vorstoss gmacht het, mit mer öppis abzmache.

Un es isch doch no passiert, was i mer sehnlechscht gwünscht ha. Eines Tages bin i wi vo säuber i ds Gspräch cho mit em Pierre. Vo denn aa het er mer mängisch vor Strass uus zu mym Zimmer ufe pfiffe, wen er Zyt het gha für ga z spaziere, un i ha ne i Park Berthrand ganz ir Neechi begleitet. Er isch Bilingue gsi; uf my usdrücklech Wunsch hei mer nume Französisch zäme gredt, i bi schliesslech äxtra uf Gänf cho, für di Sprach besser z lehre. Mir hei meischtens längi Gspräch gfüert, un i ha viu glehrt vom Pierre, nid nume d Sprach. Dank ihm han i o di französischi Literatur entdeckt, vor auem Camus, Bernanos, Péguy, Claudel... I ha ir Autstadt by de *bouquinistes* Stöss vo aute Büecher für weni Gäut gchouft u aui verschlunge, bis i uf Französisch ha afa tröime. Wiu der Pierre katholisch isch gsi, han i mi plötzlech für sy Gloube afa interessiere u bi mängisch am Sunntig o i di chlyni Kapälle vis-à-vis ggange, für z gseh u z ghöre, wi so ne Mäss abghaute wird.

Wiso das aus...? Ja, natürlech wiu i über beidi Ohre verliebt bi gsi i Pierre u aus mit em hätt weue teile. Het ers de nid gmerkt oder nid weue merke? Er isch geng glych gsi zue mer, fründschaftlech, nätt, leider haut o nes birebitzeli dischtanziert. E Fründin isch keni uftoucht, das hätt i gmerkt. Het er ächt gmeint, i syg z jung u z unerfahre? Oder het er sech ganz uf sys Studium weue konzentriere, ohni Hoffnige u Erwartige müesse z erfülle? Vilicht bin i eifach o nid sy Typ gsi? I ha ke Ahnig gha, was d Gründ für d Zrügghautig vom Pierre chönnte sy, u ha ganzi Tagebüecher zämegschribe. Di grossi, unglücklechi Liebi het mi absorbiert, het mi glychzytig überglücklech u todunglücklech gmacht, un i ha uf enes einzigs liebs Wort, uf enes Wunder gwartet.

Leider isch nüüt settigs ytroffe, im Gägeteil. Der Pierre het mer einisch, wo mer zäme im Lift ufegfahre sy, gseit: *Nous ne sommes que des amis, n'est-ce pas?* I ha gnickt, obschons mi fasch verworgget het, bi im zwöite Stock usgstige u schnäu i mys Zimmer verschwunde, für dä Schock z verarbeite. Nume Fründe! Es het so weh ta, em Pierre myni wahre Gfüeu nid dörfe z zeige.

Nume säute han i Glägeheit gha, ne lang aazluege u mer sys Gsicht yzpräge, ohni dass ers gmerkt het. Einisch sy mer im Summer amene Konzärt im Hof vom Hôtel de Ville gsi, anere Serenade. Mozart isch gspiut worde, d Prager-Sinfonie. Es het viu jungi Lüt gha, u mi isch zwüsche de Süüle a Bode ghocket, wius z weni Stüeu het gha. Der Pierre isch näb mer gsässe. Er het churz vor em Staatsexame nächtelang glehrt gha u isch müed gsi, mi het ems aagseh. Wo ds Orcheschter het afa spile, het er d Ouge zueta, un i ha ne chönnen aaluege mit myre ganze heimleche Liebi u Zärtlechkeit. Di bruune Haar, wo chly wiud i d Stirne ghanget sy, di höchi Stirne mit der chlyne Narbe über em rächten Oug, di grossporigi Hut, di breite Lippe, ds Grüebli im Chini. Minutelang han i mit mer kämpft: Söu i, darf i... ihm my Hand uf d Stirne lege – oder besser nid? I hätt ne so gärn weuen aalänge, ne strychle. Derzue Mozart, ds Adagio vo der Prager-Sinfonie, es Uf u Ab vo heftige Gfüeu – ir Musig un i mir. I bi vou Fröid u Dankbarkeit gsi, dass i ne Mönsch wi der Pierre ha dörfe lehre kenne – u glychzytig het mer ds Härz weh ta wäge dere eisytige Liebi, won i ha müesse verschwyge.

Es isch Herbscht gsi, wo der Pierre mit der Hiobsbotschaft cho isch, er göng gly wäg vo Gänf, er heig imene Spitau ir Dütschschwyz en Assischtäntesteu gfunde. Er het vo denn aa nümm Zyt gha für ne Spaziergang im Park, er het afa organisiere, ufruume u packe, u gly drufabe bin i ne no einisch ufe i sy Mansarde ga bsueche. «Es isch ds letschte Mau», han i gwüsst, won i mit em aute Lift i sibet Stock ufegfahre bi. Wi geng, wen i mi mit em Pierre troffe ha, ischs mer fasch schlächt gsi vor Ufregig u Spannig, un i ha ganz füechti Händ gha u mys *bonjour* het echly zitterig tönt.

Der Pierre isch grad drann gsi, di letschte Sache z packe. I bi zwüsche Büecher u Chleider uf sy Couch abgsässe, un er het sech e Pfyffe gstopft u myni Frage beantwortet. Wis em göng, han i weue wüsse, öb er zfride syg mit em Resultat vom Staatsexame, wenn er verreisi.

I ha müessen Abschiid näh vo der chlyne, wyss aagmaute Mansarde, wo für mii es romantisches Turmzimmer isch gsi, vo der Zeichnig über em Schrybtisch, vo der dunkurote Tischlampe, vom Dürenand vo Büecher, Zytige, Schauplatte u Notizpapier. Der Pierre het d Biuder vo de Wänd gno u der Räschte Büecher i ne Bananechischte verpackt, u ds Zimmer het plötzlech läär usgseh. Vo Minute zu Minute bin i truuriger worde u ha mer doch nüüt dörfe la aamerke.

U plötzlech isch er nümm da gsi, der Pierre, un i bi mer wider einsam vorcho, obschon i jitz im Chor vo der Psalette musicale ha mitgsunge u dört Aaschluss ha gfunde. O im Büro i der Fabrigg han i syt es paarne Wuche e nöji Kollegin gha, e rassigi blondi Italiänere, d Liliana. Scho gly het si mer aavertrout, si syg i ne Dütsche verliebt, u si weue imene Jahr hürate. Si het schrecklech Längizyti gha nach irem Fritz, isch mängisch fasch chrank gsi vor Sehnsucht, un i ha se guet chönne begryffe u ha probiert, se z tröschte u re zueglost, we si vo irem zuekünftige Maa verzeut het. Was si auerdings a däm pingelige, echly längwylige Buechhauter, emene Tröchni, hets mi ddünkt, gseh het, isch mer es Rätsu gsi. I ha o öpper vermisst, öpper viu Interessanters, bi am Aabe eleini im Park Berthrand ga spaziere, ha zu de Fänschterläde vo der Mansarde im sibete Stock ufegluegt, wo fasch geng zue sy gsi, u ha a Pierre ddänkt, a sys Gsicht, syner Händ, sy Stimm. Mängisch isch mer i Sinn cho, was er mer einisch gseit het: *Il faut acquérir la patience.* Mi müessi Geduld lehre, u genau das isch mer schwär gfaue.

Zwar het jitz d Schwöschter vom Pierre, wo ne Steu aus Übersetzere z Gänf aagno het, ir Mansarden obe gwohnt, aber si isch nume säute deheim gsi. I ha mi geng gfröit, wen i re begägnet bi, u mängisch sy mer zäme es Ggaffee ga trinke, un i ha i irne häue, blauen Ouge, i der Art, wi si läbhaft mit de Händ gredt het, u sogar i irem Lache e Spur vo irem Brueder gfunde.

U einisch het si uf mi gwartet u mer usgrichtet, der Pierre heigi telefoniert, er chömm am Sunntig uf Gänf u möcht mi gärn gseh.

Mii gseh?! I has fasch nid chönne gloube. Ds Läbe isch plötzlech es Fescht gsi. I ha nümm gspürt, wi d Bise yschchaut über d Brügge gwääit het u eim dür u dür ggangen isch, i bi wi imene Troum dür d Stadt gloffe u ha mer es dunkurots Trikotchleid mit Guldchnöpf gchouft, für em Pierre z gfaue. Er het mi auso nid ganz vergässe gha!

Amene chaute Novämbersunntig hei mer is am Bahnhof troffe, sy zäme em Quai nah gspaziert, hei üsi Gspräch wytergfüert, un es isch gsi wi geng. Im Pavillon am See hei mer z Mittag ggässe, u der Pierre het sogar Wy derzue bsteut. U win er da vis-à-vis gsässen isch, da han i wider der Chopf verlore, es isch mer heiss u chaut gsi, wi wen i Fieber hätt, un i ha o nümm dra ddänkt, dass er einisch gseit het, mir syge nume Fründe. I ha nume no der Pierre gseh u di ganzi Wäut vergässe.

Es isch früe fyschter worde a däm unvergässleche Tag, u plötzlech het er uf d Uhr gluegt u gseit, sy Zug fahri inere haub Stund, er müessi pressiere.

Er het mer no i Mantu ghulfe, u mir sy zrügg zum Bahnhof gloffe. Mir ischs gsi, wi we mys Härz mit jedem Schritt e Zäntner schwärer würd. Der Pierre het nid gfragt, wenn mer is wider chönne gseh, un i ha nid dörfe säge, dass i geng no i ne verliebt bi gsi. E Händedruck – u scho bin i eleini uf em Perron gstande, un es het mi ddünkt, es müesst mi nächschtens verschrysse.

Das isch ds letschte Mau gsi, dass i em Pierre begägnet bi. I de nächschte Jahr hei mer is gschribe, vor auem denn, won er im Tibet aus Arzt ir Entwickligshiuf tätig isch gsi. Mängs Jahr speter het er ghürate, e Schwedin, het zwöi Chind, wo scho lang erwachse sy, u läbt hütt im Tessin. Das han i vo syre Schwöschter erfahre. Mit dere han i erstuunlecherwys der Kontakt nie ganz verlore, u vo Zyt zu Zyt toucht si aube wider i mym Läben uuf. Es interessiert mi geng no, wis irem Brueder geit. Dä han i nämlech trotz auem nie vergässe, vilicht grad, wiu das en unglücklechi Liebi bbliben isch. Oder äbe nid? Chönnts sy, dass grad e settigi unerfüuti Liebi mit der ganze Sehnsucht öppis Bsundrigs blybt? E heimlechi Liebi, wo me nie vergisst u wo der Glanz nie verliert. I cha mer ömu der Pierre nid aus aute Maa vorsteue, i gseh ne no geng aus junge Studänt vor mer.

Gänf isch bis hütt für mii d Stadt vom Pierre bblibe. Mit der Kathedrale St-Pierre u der Russische Chiuche, mit der Viktoria Hall, mit em wyte See, der Fontäne vom *Jet d'eau* u de Brügge, d Stadt, wo der Maler Ferdinand Hodler sys

Atelier i der Grand-Rue gha het u lang vor ihm a der glyche Strass der Jean-Jacques Rousseau aus Suhn vomene Uhrmacher uf d Wäut isch cho.

U won i vor Jahre wider einisch uf Gänf gfahre bi u di aute Schouplätz bi ga luege, han i entdeckt, dass us der Fabrigg, us der verhasste *Usine de Dégrossissage d'or*, öppis ganz anders isch worde: es Zäntrum für alternativi Kunscht, d Usine, wi me no hütt seit! Ds Geböid isch vo usse no fasch glych wi denn. Im Innere, dört won i mi einisch mit Briefe u Offerte abplaget u mi meischtens schrecklech glängwylet ha, hange schwarzi Theatervorhäng, es git e Chino, Plakatwänd, Usstellige, Bands, wo mit irer verruckte elektronische Musig ufträtte, Künschtler, wo Performances mache – u i der früechere Wärchstatt isch e Kantine ygrichtet worde mit länge Houztische, wo jungi Lüt diskutiere u verbottnigi Chrütli rouke. Wen i das denn gwüsst hätt! I myne küenschte Tröim hätt i mer das nid chönnen usdänke. I gibes zue, i ha chly Schadefröid, dass us däm Ort, won i es Jahr lang glitte ha, usgrächnet es progressivs, unbequems Kulturzäntrum worden isch, lut u läbig u farbig.

Übrigens, d Liliana het nach emene knappe Jahr tatsächlech ghürate u läbt syt denn z Dütschland. Hütt isch si mehrfachi Grosmueter u wird sicher gly di guldigi Hochzyt fyre. Öb si würklech glücklech isch worde mit irem Fritz? I chas nume hoffe.

D Brigitte u der Arafat

Jede Summer, mängs Jahr lang, han i Ferie im glyche Dörfli z Frankrych gmacht, im Huus vonere Bekannte. Nahdisnah han i d Lüt vo dört glehrt kenne, o nes Ehepaar us Lyon mit der Brigitte, der Pflegtochter. Die hei jedes Wuchenänd imene aute Huus uf em Land verbracht, wo si säuber umbbout hei. I ha mitübercho, wi sech d Brigitte, echly es rundlechs Meitschi, wo lang e Zahnspange het müesse trage u ne Zytlang wäge Rüggeproblem sogar es Korsee, vo Jahr zu Jahr veränderet het. Fasch über Nacht, hets mi ddünkt, isch du us ere e jungi Frou mit länge blonde Haar un eme hübsche Gsicht worde.

Der Brigitte iri Mueter het sech ds Läbe gno, wo ds Töchterli ersch grad vieri isch gsi. Ire Vatter het speter wider ghürate u no einisch Chind gha. Nume für d Brigitte hets i dere nöie Familie ke Platz gha, der Vatter het ere nid viu derna gfragt. Si isch guet gnue gsi, öppe mau gratis der Babysitter für iri chlyne Haubbrüeder z spile.

D Pflegeutere, wo säuber scho drei erwachsnigi Sühn hei gha, sy sträng zur Brigitte gsi. Si hei re fasch aus verbotte u nid gmerkt, dass si wi us emene Zwang use heimlech het afa rouke. Mit Müei u Not het si di obligatorischi Schueuzyt z Lyon abgschlosse u nid gwüsst, was us ere söu wärde. Kosmetikere oder Coiffeuse wäre iri Troumbrüef gsi, aber si het ke Lehrsteu gfunde; mit irem schlächte Notedurchschnitt isch das ussichtslos gsi, u für nen anderi Usbiudig het ds Gäut gfääut. Was isch de no bblibe? Verchoufe, putze, serviere: Ushiufjobs. No nes

Jahr, bis si achtzäni isch gsi, het si müesse usharre by der *nourrice*, der Pflegmueter, ere chly grobe, viu z dicke Frou, wo sech der ganz Tag Süesses ynegschoppet u mit irer lute Stimm aui umekommandiert het.

Einisch amene Morge, won i bi ga Velo fahre, han i grad gseh, wi d Brigitte vorne ar Strass us der einzige Telefonkabine im Dorf isch usecho. Si het der Chopf la hange; mi het ere vo wytem aagseh, dass si truurig isch gsi.

Was de los syg, han i se gfragt. Zersch het si nid weue mit der Sprach userücke, schliesslech het si du doch gseit, si heig grad mit irem Fründ telefoniert. Dä hätt se gärn weue cho bsueche, am nächschte Mändig heig er frei, aber si dörf ne nid träffe, d Pflegeutere wäre nid yverstande, die dörfe uf gar ke Fau wüsse, dass si z Lyon öpper heig lehre kenne.

Wiso de?, han i weue wüsse.

Si syge Rassischte u heige re verbotte, sech mit Araber, mit Dunkuhüttige, abzgä. U ire Fründ syg äbe us Tunesie. Drum chönne si sech nume heimlech gseh, u im Dorf syg das ja nid müglech. Si heig zersch ddänkt, är chönnt hinden uf em Campingplatz übernachte, aber das göng nid, d Giele im Dorf würde ne vilicht znacht überfaue oder de Pflegeutere aus rätsche.

D Brigitte het mer Leid ta. I ha re spontan versproche, ire Fründ dörf i eim vo de Gäschtezimmer im Huus vo myre Bekannte übernachte. Si chönn ne dört träffe, ohni dass es öpper merki. Si chönn uf mii zeue, i verrati se nid.

Am Mändig druuf sy beidi vor der Tür gstande, echly schüüch u mit glücklechen Ouge. Si sy bis über beidi Ohre verliebt gsi, mi het nes aagseh, u si hei nüüt anders weue mache, aus sech i d Ouge luege, stundelang, hets mi ddünkt. I ha fasch echly müesse lächle über das junge Liebespaar. Das isch auso di hüttigi Jugend, cool u ufklärt, han i überleit; es het sech ja gar nüüt gänderet, syt dass ig zum erschte Mau richtig verliebt bi gsi.

Romeo u Julia us Lyon. Der Fründ isch chuum euter gsi aus d Brigitte, öppe sibezäni, gross, schlank, mit rabeschwarzem Haar, dunklem Teint u bruunen Ouge. En attraktive junge Maa. Er het nüüt derfür chönne, dass er usgrächnet Arafat gheisse het. Er syg zwar z Frankrych uf d Wäut cho; syni Eutere sygen us Tunesie, het er verzeut.

Für beidne echly d Hemmige z näh, han i afa schwärme vo früechere Ferie z Tunesie, vom Meer u der Wüeschti, vo Kameu, Souks u Dattle u de schöne Gedicht ir arabische Sprach, won i leider nid im Originau verstöng. Nächär han i schnäu Spaghetti gchochet, der Arafat het nämlech syt em Morge no nüüt ggässe gha. Er syg Moslem u äss nüüt Schwynigs, het er sech getrout z säge.

Zwo so verschidnigi Wäute, Gägesätz, wo sech aazoge hei! Di häuhüttigi Brigitte uf der Suechi nach Liebi u Wermi un ere Zuekunft u dä höflech, guet erzognig Tunesier, wo syni Wurzle wyt ewägg imene heisse Land het gha. D Pflegeutere vo der Brigitte hei e Nordafrikaner aus Fründ vo irem Schützling abglehnt, ja verbotte. U d Eutere vom Arafat hätte di blondi Französin sicher o nid grad mit offnigen Arme ufgno.

Es richtigs Gspräch isch nid zstand cho mit em junge Paar, d Liebi het ne d Sprach verschlage. I ha gmerkt, dass d Brigitte no öppis hätt weue frage u sech nid getrout het. Zletscht het sis du fürebbrösmelet. Öb si ächt o hie dörft übernachte? Si heig der Pflegmueter gseit, si schlafi hinden im Camping binere Kollegin.

Ja, klar, dene beidne han i gärn zure Liebesnacht verhulfe. Si hei sech ersch nach de Summerferie z Lyon wider heimlech chönne träffe.

Am nächschte Morge isch e Zedu uf em Chuchitisch gläge. *S'il vous plaît, Madame, réveillez-moi à dix heures. Arafat doit aller à la gare.*

Oh, dä Abschiid! Mir het säuber ds Härz weh ta für di beide. I ha der Tisch ddeckt, ha Anke, Honig, Jogurt, Chäs, e Thermos-Chrueg Ggaffee u ne früschi baguette parat gsteut, rächtzytig a d Tür vom Gäschtezimmer gchlopfet u bi diskret verschwunde. Vo wytem han i no grüeft, d Brigitte söu rächtzytig es Taxi bsteue, ds Nummero fing si näb em Telefon im Gang.

E haub Stund speter isch ds Taxi vorgfahre. D Brigitte isch sofort usecho mit der Täsche vom Arafat. Auerdings ohni ire Fründ. I ha ne weue ga hole, aber er isch weder im Bad no im Gäschtezimmer gsi u o süsch nienen im Huus! D Brigitte isch ganz dürenand gsi u het zueggä, si heig ne o gsuecht, er syg plötzlech verschwunde. Mir hei ihm grüeft, zwöi-, drümau. Ke Arafat!

E Momänt lang han i Panik gha. Es isch mer vorcho, wi wen i müesst häufe, öpper z verstecke, wo illegal i ds Land ygreist wär. Wohäre isch der Arafat gflüchtet u wiso? Er het doch nid hie chönne blybe. D Brigitte isch vor em Taxi gstande, es Hüüffeli Eländ, no ganz verschlafe u chuum gwäsche, un i ha närvös uf d Uhr gluegt.

«Wenn fahrt der Zug?»

«I zwänzg Minute», het d Brigitte lysli gseit, u i ha mi nümm gwagt, ere i ds Gsicht z luege, i hätt ire Abschiidsschmärz u iri Verzwyflig nid vertreit u ha scho d Szene vor mer gseh: Der Bahnhof, der Zug, wo würd yfahre, der Arafat, wo syni Fründin no einisch würd a sech drücke, wi wes ds letschte Mau wär...

D Brigitte isch eifach dagstande, wi glähmt, hiuflos. I bi hinder ds Huus ga luege – u dört han i ne gfunde. Er isch vor em aute Ziebrunne gstande, wi wen er sech grad chöpfligse wett drystürze u bir Frou Holle unde lande, inere andere, bessere Wäut.

«Arafat – ds Taxi!»

Er het mer d Hand ggä u nes Merci usegwörgget, isch wi ne gschlagnige Hund mit mer cho u mit der Brigitte hinden i ds Outo gstige. Der Chauffeur het Gas ggä u isch dervogfahre. Gwunke hei di beide Junge nid, un i ha zersch es Gfüeu gha, wi wen i öpper verrate oder der Polizei usgliferet hätt. Nei, i ha beidne zumene Rendez-vous verhulfe. I dere Wäut mit au dene Gräbe zwüsche Religione, Nationalitäte, Mentalitäte... gits Gfüeu, gits d Liebi, wo me nid cha kalkuliere, d Liebi, wo Bärge cha versetze, han i mi probiert z trööschte.

Es paar Jahr speter, won i wider einisch churz z Frankrych bi gsi, bin i im Dorf ere Frou begägnet, won i zersch fasch nid kennt ha. Es isch d Pflegmueter vo der Brigitte gsi, d Madame Bon. Si het ir Zwüschezyt öppe dryssg Kilo abgno gha u iri Haar churz gschnitte u rot gfärbt.

Was d Brigitte machi, han i gfragt, u si het verzeut, die schaffi imene Ychoufszäntrum z Lyon, ar Kasse, öppis anders syg leider nid i Frag cho für se. Si wohni ir Neechi u chönn iri Chlyni aube zu ire bringe, we si mües schaffe, es heig ir Chrippe z weni Platz.

«D Brigitte het scho es Chind?»

Ja, si syg Mueter worde, si heig es Meiteli. Leider syg si nid verhüratet u heig Müei, sech dürezbringe. D Brigitte syg uf einen ynegheit, wo se im Stich gla heig, chuum syg si schwanger worde. Jitz syg si wider froh um d Pflegmueter, het d Madame Bon mit emene triumphierende Unterton gseit u afa flueche über d Manne, wo me für nüüt chönn bruuche.

I bi erchlüpft u ha im Chopf afa nacherächne. Denn dä heimlech Bsuech vom Arafat – wenn genau isch das gsi? – plus nüün Mönet…

«Dört chunt si cho z fahre, d Héloïse!»

Uf emene Chindervelöli isch es öppe drüjärigs Meiteli cho z pedale, es blonds, häuhüttigs u blauöigigs – wi d Brigitte. Si het der Mueter uf ds Haar ggliche.

«Gib der Dame *une bise!*», het d Madame Bon befole.

I ha ufgschnuufet: Ke Spur vo Nordafrika!

Der Aaghimmlet

Er isch ganz hinden ar Bar ghocket, en ender chlyne, unschynbare Maa, liecht ergraut. Wahrschynlech het er eifach i Rue weue sys Bier trinke. I ha ne hie no nie gseh gha. Er het gly drufabe zaut u isch ggange, ohni sech umezluege. Aber no bevor er d Tür zueta het, het öpper ganz ufgregt grüeft: «Das isch der Toni gsi!» D Lüt hei d Chöpf ddrääit u nem nachegluegt. Aha! Jitz isch o mir es Liecht ufggange. «Was, der Toni?», han i fasch ehrfürchtig gfragt. Um mii ume hei di männleche Gescht afa fachsimple übere Fuessbauclub vo der Stadt, wo grad wider einisch inere Krisen isch gsi. Mi het sogar gmunklet, er mües de öppen abstyge, wen er so wytermachi. «We si ds nächschten Usswärtsspiiu nid gwinne, ischs verby für di Saison! Das wär e Schand!»

I ha nume mit haubem Ohr zueglost, i has no geng nid chönne gloube, dass i... der Toni ha gseh. Nach... über vierzg Jahr. E läbigi Fuessbaulegände. Ömu für mii. Es het ke berüemte Brasilianer, ke modisch gstylte Star müesse sy.

Wyblechi Vorbiuder hets weni ggä i myre Juget, u wiu i nid ha weue wärde wi my Mueter, ke dienendi Husfrou, han i mer Manne usegläse, won i ha chönne bewundere. Aabetüürer, Forscher, Sportheude. My Vatter het mi scho früe mit syre Begeischterig für ds Schutte aagsteckt, u mängisch het er mi mitgno a ne Match. Frouefuessbau? Das hets denn no gar nid ggä, mir Meitli hei nume heimlech probiert z kicke, das Fach isch natürlech o nid uf em

Lehrplan vom Turne gstande, u schutte isch sowiso verbotte gsi ir Turnhaue. Numen einisch ischs mer glunge, üse Turnlehrer z überrede, üs im Meitliturne e Stund la z schutte. I ha sofort d Roue vom Captain überno u probiert ds Spiiu taktisch gschickt z länke u ha mi dermassen usggä, dass i no Stunde speter e hochrote Chopf ha gha u der ganz Vormittag ir Schueu nume no a Steilpäss, Fouls u Penaltys ha chönne dänke.

Di erschten Änglischwörter – *corner, offside* – han i vo de Fuessbauübertragige am Radio glehrt. By jedem Träffer isch der Vatter ufgsprunge, ufgregt im Zimmer desumegloffe u het Goal bbrüelet. Mängisch het er deheim e Baue es paarmau düre läng Gang gschuttet, bis ir Chuchi der Schaft mit em Gschiir gfährlech het afa waggele u d Mueter isch cho z springe. Er het mer d Regle vom Schutte ganz genau erklärt u betont, das syg äbe no e richtige Mannschaftssport mit Fairplay.

I ha scho gly jede Spiler vo «üsere» Mannschaft kennt samt syne Sterchine u Schwechine. My Schwarm isch der Toni gsi, e junge Stürmer am rächte Flügu, wo elegant u ungloublech schnäu a den andere verbydribblet isch u di schönschte Goal gschosse het. Der Toni mit em guldige Fuess! I ha mi Haus über Chopf i ne verliebt, i my Heud mit de wiude, rötlechblonde Locke u de Loubflächke, natürlech heimlech, i hätt das nid zueggä, das han i nume mym Tagebuech aavertrout u das mit em Schlüsseli bschlosse. Denn han i zum Glück ke Ahnig gha, dass eini vo myne jüngere Schwoschte myni Ergüss u Gheimnis hinder mym Rügge gläse het; si het mer das ersch mängs Jahr hindedry bbychtet.

I ha vo Sunntig zu Sunntig, vo Match zu Match gläbt. Mängisch ischs vorcho, dass i diräkt hinder em findleche Goal ha chönne stah u my Schwarm vo ganz naachem ha dörfen erläbe. Wen er dernäbegschosse het u d Lüt ringsum vou Beduure oder Schadefröid usgrüeft hei, han i Quale glitte, mitglitte, u nem d Düümme no feschter gha. We nem es Goal glungen isch, bin i totau zum Hüsli uus cho u ha lut usebbrüelet vor Fröid u Stouz. Denn ischs mer no gar nid so ufgfaue, wi starchi Manne uf em Schuttplatz plötzlech chöi zärtlech wärde u sech i d Arme gheie u sech umarme. I ha äbe nume uf ene Blick vom Toni gwartet u mer mängisch ybbiudet, er gseng mi, er het doch müesse merke, win i nüünzg Minute plus e Pouse vonere Viertustund lang nume wägen ihm dagstande bi u ne aaghimmlet ha wi ne Gott. Ja, es het em müesse uffaue, es het denn nid viu Meitli gha im Stadion.

We der Toni mit syre Mannschaft ds Spiiu gwunne het, isch o der Sunntigaabe gwunne gsi, u der Vatter het e guete Luun gha. Uf der Heifahrt im Outo vomene schuttverruckte Nachber isch der Match analysiert worde, u di beide Manne hei mi la mitrede, wi wen i e Bueb wär u mer d Fuessbauwäut würd offe stah. We üse Club verlore het, hei mer zersch auerlei Entschuldigungen u Erklärige für di Niderlag gsuecht u nächär di nötigi Truurarbeit uf is gno. Nach emene Chehrli ischs stiu worde, u mir ischs sowiso geng schlächt gsi vom Outofahre, un i ha dopplet glitte.

«Toni gesehen. Hat toll gespielt. Leider Pech gehabt und verloren heute», han i deheim i ds Tagebuech gschribe u vor em Yschlafe no lang a ne ddänkt u dervo tröimt, er würd mi einisch aaluege u mit mer rede u merke, dass... Ja, was?

Das isch mer düre Chopf ggange, won i mym früechere Fuessbauschwarm ha nachegluegt. Er isch no geng vou sportlechem Schwung über d Strass ggange, auso jung bblibe, hets mi ddünkt. Schad, dass i z spät gmerkt ha, dass es nen isch gsi. Süsch hätt is vilicht sogar gwagt, ne aazrede. «I ha einisch für öich gschwärmt, u wie!», hätt i gseit u nem mys schönschte Lächle gschänkt. U wär weis, vilicht wär i derby sogar rot worde.

Schwarz

Mi sött nid verreise, we me müed isch. Hets überhoupt e Sinn, di längi Reis z mache? Es isch churz vor Mitternacht. I sitze im Bahnhofbüffee z Basu u bsteue bim Chäuner, wo chuum Dütsch cha, e Tee. Am Tisch näbedrann hocket e jungi Frou, wo vermuetlech uf Paris geit, für ga Französisch z lehre, si würkt unerfahre, echly ängschtlech. I probiere, mit eren es Gspräch aazfa, aber si luegt mi misstrouisch aa u schwygt. Süsch hets nume no drei amerikanischi Studänte mit riisige Ruckseck. Der Chäuner luegt uf d Uhr. Er möcht ykassiere, abruume, d Stüeu uf d Tische steue u Fyrabe mache.

I ga nächär düre Zoll, bi no geng z Basu, u warte. Der Wartsaau im Französische Bahnhof isch dräckig, aus anderen aus gmüetlech. Es paar jungi Lüt schlafe uf irem Gepäck. I wett o gärn schlafe, aber i chume nid zur Rue. Wiso verreisen i eigetlech? Bin i uf der Flucht? Cha me vor Erinnerige flüchte?

Achti am Morge. I bi ersch grad erwachet, irgendwo z Frankrych. I ma mi chuum meh a di letschti Nacht bsinne, i weis nume no, dass i ha müesse um mi Couchette-Platz im Zug kämpfe, wiu im Reisebüro öppis fautsch gloffen isch. Schiesslech het mer der Kondiktör es ganzes Abteil überla, un i bi uf di oberschti Pritsche ufe gchlätteret u sofort ygschlafe. Süsch hets mer aube Fröid gmacht, stundelang wach z lige im Zug, uf ds Rattere z lose; u ds Gfüeu unterwägs z sy, het mi öppis Bsundrigs ddünkt. Dasmau nid.

Dusse e flachi Landschaft, eitönig. Lille. Matte, Böim, es paar Chüe, auti Hüser. Artres, e chlyni Stadt mit viune Chemi. Der Himu wird häuer, mit ere Spur Morgerot. Valenciennes. U d Reis geit no lang wyter. Calais. Ds Schiff für d Überfahrt isch nöi u haubläär. I blybe müglechscht lang uf Deck a der früsche Luft. Es isch leider so chaut, dass i mi zletscht doch inere Lounge mit Tee mues ga ufwerme. Es Ehepaar sitzt vis-à-vis, Franzose um di füfzg, eifachi Lüt. Es isch iri erschti Reis uf Ängland, merken i, u si müeie sech mit de *landing cards* ab, wo me mues usfüue. Eigetlech wett i ne häufe, aber i bi plötzlech so müed, dass i kes Wort meh usebringe. Vilicht bin i glych echly seechrank? I mache ne ungschickti Bewegig, ds Tablett waggelet, un i versprütze Tee uf d Hose, ufe Mantu, sogar ufe Sässu, u myni Händ zittere.

«Wenn chunsch wider einisch uf London? Mir hei nis syt acht Jahr nümme gseh», het der Ikem gschribe, u jitz bin i unterwägs. Gschribe hei mir is scho geng, i unregumässigen Abständ. Aber Briefe – sy das nid lääri Wort, nüüt aus Papier? I ha nume no es verschwummnigs Biud vom Ikem i mer inne u bi nid sicher, öb i mi söu fröie, ne wider z gseh nach dere länge Zyt.

Victoria Station. I gseh ne scho vo wytem dört stah, der Ikem. Er het sech chuum veränderet, syt i ne ds letschte Mau gseh ha. Es dunkus Gsicht mit emene schwarze Bart u dunkli Ouge, wo mi aalache. Er umarmet mi, er fröit sech, mi z gseh – un i weis nid, was i söu dänke. Innerlech machen i e Schritt zrügg. Was han i erwartet? Dass i geng no di glyche Gfüeu würd ha? Weichi Chnöi u Härzchlopfe? I bi denn no so jung u unerfahre gsi, chuum erwachse. Im Momänt bin i nume müed, es isch mer echly sturm, un i möcht am liebschte grad umchehre u nüüt müesse säge.

Mir fahre mit der *tube*, un im Gstungg vo der *rush hour* isch es richtigs Gspräch zum Glück nid müglech. I der Wonig vom Ikem – er läbt geng no im glyche Quartier, wo vor auem schwarzi Emigrante sech aagsidlet hei – gits Sandwich u Tee, u sys lute Lache hiuft mer über di erschti Verlägeheit ewägg, hie z sy. I mües mi wider dra gwöhne, Änglisch z rede, sägen i, u nach der länge Reis syg i zimlech erschöpft, das isch nid gloge. Mir trinke zäme typisch änglische Tee, heiss u mit emene Gutsch Miuch, un er luegt scho gly einisch uf d Uhr u seit, er mües leider no wägg, er nähm e Computer-Kurs. I bi froh, dass er geit u dass i ne nid mues begleite.

Es heig gnue heisses Wasser, wen i es Bad weu näh, seit er no, hout sy Rägemantu, suecht Unterlage zäme u leit mer e Stoss änglischi Zytige häre. «Machs der gmüetlech.»

Nächär ghören i, win er d Tür unden im Huus zueschletzt. Er isch ggange. I schnuufen uuf. Aber es isch mer glych nid ganz wohl, i bi wi gfange i dere Wonig i der Windsor Road, wo vou Erinnerigen isch, i hätt es Hotelzimmer söue reserviere, jitz mues i hie übernachte. A der Wand hange geng no di glyche Biuder, wo der Ikem säuber gmaut het u wo mi a Rousseau u sy Forderig «Zrügg zur Natur» mahne, zwo grüeni, paradiisartigi Insle mit Böim. Es isch chaut, i friere, luege i di winzigi Chuchi, wo dräckigs Gschiir im Schüttstei steit, u mues mi zämenäh, nid abzwäsche u ufzruume. Dernäbe isch ds Badzimmer, spartanisch ygrichtet, natürlech ungheizt. Imene Glas hets weichi Houzstäbli, wo d Afrikaner dermit d Zähn putze, dernäbe e biuigi Seife, es usgfransets Frottiertüechli, un es schmöckt echly süesslech, nach änglischem Körperpuder. I ha so chaut, dass i mer es heisses Bad la yloufe, für mi ufzwerme.

Was machen i eigetlech hie z London? I ghöre wider ds lute, fröhleche Lache vom Ikem, es typisch afrikanisches Lache, u verstah plötzlech, dass er hoffet, i syg zue nem zrüggcho nach au dene Jahr, für mit em zämezläbe. Jitz han i Angscht, Angscht vor em Momänt, won er heichunt, Angscht vor syne Gfüeu für mii, wo offesichtlech geng no da sy, Angscht vor eren Ussprach, vor auem o Angscht, ihm weh z tue. Was söu i ihm säge? Dass i i ne andere verliebt bi? Wiso läbsch de nid mit däm zäme, u wiso bisch de uf London cho?, würd er frage, logischerwys. Es git Sache, wo me nid cha erkläre, u mir isch ersch vor churzem, ömu syt i verreist bi, klar worde, dass i öpper ganz furchtbar vermisse! I wett däm sy Stimm ghöre, nid ds Lache vom Ikem, i mues wüsse, won i häreghöre... u öb er no läbt.

Ds Telefon! I cha ds Nummero usswändig u steues y u hoffe, er syg deheim, i wott nume sy Stimm ghöre, nume ganz churz! Aber niemer nimmt ab! Mir wirds fasch schlächt vor Enttüüschig. I hätt em nume weue säge, dass i ne gärn ha u ne vermisse u dass di auti Gschicht hie lengschte verby isch...

Es isch so lang här, dass mi e Farbige imene Park aagredt het. I bi denn uf emene Bänkli ghocket u ha gläse u d Zyt vergässe. Öpper isch verby gspaziert u het mi aagluegt, i ha nume nes Paar dunkli Ouge wahrgno, u chly speter het mi e töiffi Stimm ufgschreckt, wo gfragt het, was i läsi.

E Schwarze isch vor mer gstande, un i bi erchlüpft u ha abwehrend gseit: «Gedicht.»
«Syt dihr Studäntin?»
«Nei, Au-pair.»
«Polin oder Russin?»
«Nei, Schwyzere.»
«I bi Nigerianer. Ischs erloubt?»
Er isch näb mer abgsässe, un i bi e Momänt verunsicheret gsi. I ha no nie es Gspräch gfüert gha mit emene Schwarze, syt i z London bi gsi. Denn, aafangs Sächzgerjahr, hets ir Schwyz no chuum Farbigi gha, die het me nume us de Büecher kennt, us «Onkel Toms Hütte». Mi het den Afrikaner no unscheniert Neger gseit u sech uf der Strass gwundrig umddrääit, we me ganz säuten eine gseh het. U mi het schrecklechi Gschichte ghört vo junge Froue, wo sech mit denen Ussländer ygla heige, mit Afrikaner u mit Asiate. Den einte syg ds Gäut u der Pass gstole worde, di andere heige sech verliebt u syge schwanger worde – nüüt aus ei Kataschtrophe na der andere! Aber het de jede dunkle oder gäubhütige Mönsch grad müesse ne haube Verbrächer oder Betrüeger oder ömu öpper ohni Kultur u Aastand sy? Aues Frömde het mi scho aus Chind aazoge.

Uf au Fäu sy mer plötzlech zmitts imenen interessante Gspräch gsi, un i ha fasch vergässe, dass i Änglisch gredt ha. I heig geng echly es komisches Gfüeu aus Wyssi, en Art Schuldgfüeu, wen i a au di Ungrächtigkeite, au das Schreckleche dänki, wo d Koloniaumächt z Afrika uf em Gwüsse heige, han i zueggä.

Mi chönn das nümm rückgängig mache, het der Ikem erklärt, u ig aus Person chönn ja sowiso nüüt derfür. U we di Wysse nid uf Nigeria cho wäre, chönnt er jitz o nid z London studiere. U überhoupt, öb wyss, schwarz oder gäub – mir syge doch aui Mönsche, auso glychberächtiget. O i der Bibu stöng nüüt vo Rassetrennig.

Er het schwirigi Zämehäng eifach chönnen erkläre.

Won i ha zrügg müesse, het er mi no es Stück wyt begleitet u mi gfragt, öb er mer gly einisch dörf telefoniere, er möcht mi gärn wider träffe u wyterdiskutiere. I bi usicher worde, öb i ihm ds Nummero söu verrate, un er hets sofort gmerkt u mi usglachet:

«Gibs zue, du hesch Angscht vor mer, wiu i ne Schwarze bi! Vergiss nid, i ha di grosse, wichtige Sache im Läbe vor Ouge, nid chlynlechs Züüg. We du geng dra dänksch, es chönnt gfährlech sy, e Fründschaft mit emene Farbige ufzboue, de wirsch nüüt gwinne. La di nid la beyflusse vo anderne, los uf dii säuber – u de wirsch wytercho u viu lehre.»

U scho nach em zwöite Träffe han i em Ikem sy Hutfarb nümm gseh. I ha viu vo ihm chönne lehre, vor auem Toleranz. Er hets verstande, mi mit syne diräkte, gschyde Frage drus z bringe u het mi mängisch usglachet, i mües mer säuber e Meinig biude, i übernähm hüüffig eifach die vo mynen Eutere, ohni drüber nachezdänke, das merk me.

I ha aagfange, philosophischi Büecher uf Änglisch z läse: Platon, Sokrates, sogar Hegel, für mit em Ikem chönne z diskutiere, u ha gar nid gmerkt, dass i mi verliebt ha.

Won i nach emene Jahr wider i d Schwyz zrügg bi, han i der Ikem vermisst u gwüsst, was er mer bedütet het. Aber i ne Schwarze verliebt z sy? Das han i doch deheim nid chönne verzeue, d Eutere wäre entsetzt gsi! Üsi Tochter het es Gschleipf mit emene Nigerianer? Nie im Läbe! Ender hätte si mi nie meh weue gseh, mi grad verstosse u enterbt.

Der Ikem het mer jedi Wuche gschribe u der Vorschlag gmacht, i söu doch zrüggcho uf London u mit em zämeläbe, i chönn ja öppis studiere, ömu viu lehre, er vermiss mi. Er heig mi nid weue dränge, heig Zyt u Ruum zwüsche üs weue la würke, das syg en Art e Tescht. «We dyni Gfüeu zu mir gross gnue sy, wirsch e Wäg finde, mit dynen Eutere z rede u se z überzüge – süsch wird di jedi Diskussion unsicher mache.»

I ha deheim e zaghafte Versuech gmacht, ha aatönt, i heig z London öpper Interessants lehre kenne, e Nigerianer, u ha sofort gmerkt: Es isch ussichtlos gsi, d Eutere hei mi nid weue u nid chönne verstah, hei e Schwarze aus Fründ oder Kolleg (vo Liebi han i kes Wort gseit!) vor einzige Tochter totau abglehnt! I mües jede Kontakt zu däm Farbige abbräche, hei si verlangt. Un i bi z jung u z feig gsi, mi dürezsetze. I ha mi gschämt u mi gfragt: Sy myni Gfüeu für en Ikem vilicht doch nid gross gnue? E settigi

Liebi müesst chönne Bärge versetze, süsch chunts nid guet. Geng u geng wider han i mer vorgsteut, wis wär, wen i eifach würd uf London verreise u's wage, mit em Ikem zämezläbe? U wi wärs ächt, wen i eines Tages würd Chind mit em ha? So härzigi Mischlinge mit miuchschoggelabruuner Hutt? Aber de möcht i lieber nid ir Schwyz läbe, nume ire Grossstadt wi London, süsch müesste o di Chind gäge Vorurteil kämpfe, u das wett i ne lieber nid aatue, han i überleit.

I ha Zyt bbruucht u das em Ikem gschribe. Uf d Antwort han i lang müesse warte u mi tröschtet mit Hegel, won i jitz im Originau no einisch gläse ha: «*Das erste Moment in der Liebe ist, dass ich keine selbständige Person für mich sein will, und dass, wenn ich dies wäre, ich mich mangelhaft und unvollständig fühle. Das zweite Moment ist, dass ich mich in einer anderen Person gewinne, dass ich in ihr gelte, was sie wiederum in mir erreicht. Die Liebe ist daher der ungeheuerste Widerspruch, den der Verstand nicht lösen kann...*»

I ha uf ene Brief us London gwartet, verzwyflet gwartet... Ersch nach es paarne Wuche isch en Antwort cho. Liebi chönn me nid erzwinge, het der Ikem i syre schwungvoue Schrift gschribe, un es gäb ke Grund, mer bös z sy. I syg no jung, un es syg nie z spät im Läbe. Er syg froh, dass i ehrlech syg – u natürlech o truurig. Dermit mües er fertig wärde, u das söu nüüt ändere a üsere Fründschaft.

Was wär us mer worde, wen i denn der Muet hätt gha, mi dürezsetze?, fragen i mi. Es wär aus ganz anders usecho...

Wo der Ikem ändleche heichunt, sitzen i geng no im Wohnzimmer u tue derglyche, wi wen i würd läse. Er wott mi umarme, aber i zucke zäme.

«Was isch los? Scho am Bahnhof hesch so komisch reagiert», seit er.

I weis nid, was i söu säge. Dass es e Schock isch, ne z gseh? I möcht em nid weh tue.

«Bisch öppe wider verliebt?»

I nicke.

Der Ikem bricht i sys lute, fröhleche Glächter uus.

«Meitschi, wenn wirsch de ändlechen erwachse? Syt i di kenne, bisch geng wider nöi verliebt, einisch i dä, es anders Mau i nen andere. U wiso läbsch glych geng no eleini? Uf was wartisch? Du chaisch di nie uf öppis feschtlege, du fasch geng wider öppis Nöis aa. Du bisch zwar intelligänt, aber wiso hesch kes Ziiu im Läbe?»

«Meinsch, es syg mer glych? I mues doch usefinde, was guet isch für mii», sägen i echly greizt u ergere mi sofort über my aggressiv Ton. Wiso han i der Ydruck, i mües mi verteidige?

«Versteisch de nid, dass i au di Jahr druf gwartet ha, du chämsch einisch zrügg? I wächsle nid duurend my Meinig wi nes Hemmli, i ha di nid chönne vergässe, ha di o nid weue vergässe! Chumm doch mit mer! Du chasch mer häufe. I wott e Muschterlandwirtschaftsbetriib ufboue, es Modäu, wo de Lüt i myre Heimat cha wyterhäufe. Me mues mit eifache Sachen aafa, mit Ackerbou. Myni Landslüt sy heimatlos worde i der Millionestadt, u iri Dörfer stö läär, u niemer luegt zum Bode, niemer pflanzt meh öppis aa.

Derfür verhungere si fasch u lungere arbeitslos i de Slums desume. Lagos isch e schrecklechi, brutali Stadt, i chönnt dört nid läbe. Di Korruption, dä fautsch Ehrgyz! Niemer wott meh schaffe, aui wei nume schnäu rych wärde u keni Opfer bringe, sech d Händ nümm dräckig mache, nume *white collar jobs* sy gfragt. I ha ständig Krach mit denen ybbiudete Minischter, wo i klimatisierte Büro desumehocke u ne Aazug mit Grawatte trage. Chumm mit mer! Wo findsch e besseri, lohnenderi Ufgab? I bruuche di aus Partnere. Zäme chöi mer öppis Wichtigs uf d Bei steue!»

I schwyge, i wyche sym fragende Blick uus, probiere mer so nes Läbe vorzsteue: Afrika, e Sunnenuntergang, fröhlechi Nigerianer, wo High Life tanze... Un ig aus Assischtäntin vom Ikem. E sinnvoui Ufgab. Befridigung. Wiso ischs mer eifach nid müglech, ja z säge? Derby het er mi i syni Plän ybezoge, syt langem, er het sech Hoffnige gmacht. Ja, vor acht Jahr han i o vonere gmeinsame Zuekunft tröimt u mer Illusione gmacht...

«Ikem, du bisch e glückleche Mönsch, du bisch z benyde, wiu do so genau weisch, wo dy Platz isch. Du wirsch dys Ziiu erreiche. Aber – es tuet mer so leid, i cha das eifach nid, i cha der o nid erkläre, wiso. Vor acht Jahr bin i verliebt gsi i dii – u denn wärs vilicht müglech gsi. U hütt... Du hesch Rächt, i weis säuber no nid, was i wott, i bi nid ryf gnue, i ha der Muet nid, uf Afrika uszwandere, i bi z Europa verwurzlet, das han i ersch vor churzem gmerkt. Es het nüüt dermit z tüe, dass du e Schwarze bisch. I ha so viu glehrt vo dir. Denn di Zyt z London, won i di ha glehrt kenne, isch wichtig gsi u wird für mys ganze

Läbe wichtig blybe, un i bi der dankbar. – Sythär isch viu passiert, un i bi nümm di Glychi wi denn. Liebi cha me nid erzwinge, das han i vo dir glehrt.»

I weis nümm wyter u wages nid, der Ikem aazluege. Am liebschte würd i ufstah, my Reisetäsche packe u gah, vilicht hätts no ne Nachtzug zrügg uf ds Feschtland.

Nach emene länge, pynleche Schwyge seit my Fründ, er heig mi scho verstande, es syg em jitz klar worde, dass o är sech Illusione gmacht heig. Er hätts müesse wüsse – nach au dene Jahr, wo mer nume schriftlech syge i Verbindig bblibe, heige mer is usenand gläbt.

«Ja, i bi enttüüscht», git er zue. «Wiso bisch de glych so spontan uf London cho? Nume für mer das z säge? E Brief hätt glängt.»

«Nei, es wär feig gsi, nume z schrybe. I ha di müesse gseh, i bi mer säuber nid sicher gsi, öb das, was i für dii empfinde, no Liebi isch. Jitz weis is: Fründschaft u Dankbarkeit.»

Speter übernachten i uf em Bettsofa im Wohnzimmer. Der Ikem het mer e Wonigsschlüssu häregleit. Er mües am Morge früe ga schaffe. I söu mer z Morge mache, es heig Toast u Eier, u wen i nächär ufe Zug göng, söu i der Schlüssu i Briefchaschte gheie, het er gseit. I bi erliechteret, dass di schwirigi Ussprach verby isch, u glych schlafen i schlächt, erwachen aupott u warte druuf, dass es Morge wird un i cha heireise.

Der Ikem het mi Toleranz glehrt: e Lektion, won i mys Läbe lang nid wirde vergässe. Aber my Platz isch nid hie u o nid z Afrika. I cha ds Rad nümm zrüggdrääie, i ha mi i de letschten acht Jahr z fescht veränderet.

U glych tuets mer weh, won i speter im Räge zum letschte Mau dür d Windsor Road zur Untergrund-Station gah, un i dänke no einisch zrügg a ne hiube Summeraabe, won i mit em Ikem zäme nach emene Konzärt über d Hügle vo Hampstead gspaziert bi u mer Dvorak-Melodiie pfiffe hei, beidi so glücklech, dass mer fasch hei chönne abhebe u flüge.

Schwarz isch syt denn für mii e schöni Farb u wirds es Läbe lang blybe.

Der Admiral

Mi het em eifach «Admiral» gseit, emene umgängleche Maa gäge sibezgi. Meischtens het er e guete Luun gha u über ds ganze Gsicht glachet, we me ne ggrüesst het. Er het sicher einisch ir Armee bir Seeflotte ddienet, süsch hätt me nem chuum dä Übername ggä. Er hets gnosse, scho lang pensioniert z sy, u het sech geng nützlech gmacht, öppis i sym Huus i der Bresse bourguignonne renoviert oder emene Fründ ghulfe umboue, oder er isch ga fische oder ga jage, u am Aabe het me ne zur Apérozyt i de Cafés im Stedtli troffe. Mängisch het er mit Kollege Charte gspiut, natürlech mit viu Glächter. Sy Frou, hets gheisse, syg vermögend, ire ghöri mehreri Hüser ir Gäget. Syt lengerem het me se nümm gseh, der Admiral isch ohni sii cho ds Apéro trinke.

Einisch het er ungwohnt heftig mit syne grosse Händ ufe Tisch ghoue u gfluechet. Er heig emene sogenannte Fründ finanzieu usghulfe, mit ere zimlech grosse Summe, u dä heig hoch u heilig versproche, er wärd das Gäut de gly einisch zrüggzale. U nid nume das, er heig em o no aupott sys Outo gä z bruuche, däm sy Frou syg nämlech mit emene Jüngere uuf u dervo, er syg würklech inere Notlag gsi, heig me ömu gmeint. Auerdings heig er kes einzigs Mau uftanket gha, wen er de aube ds Outo zrüggbbracht heig, das syg doch nid normau, das wär nüüt aus Aastand. Aber äbe, mi weu ja häufe, we me chönn, u ihm göngs finanzieu nid schlächt. U jitz das! Es syg uscho, das dä Etienne nid numen ihm Gäut schuldi, dä heig aunenorte

Schulde u syg eifach abghoue, ohni öppis derglyche z tue. Er syg wi di andere uf ne ynegheit. Vermuetlech wärd er nüüt meh zrüggübercho, er chönn dä Betrag, wo ihm der Etienne schuldi, grad vergässe. Abschrybe! Er het sy Schnouz gschüttlet u sarkastisch glachet, über sich säuber, über sy hiufsbereiti, z guetglöibigi Art.

Das bring ne zwar nid um, het er gmeint, aber es wurmi ne glych, das göng eifach nid. Dä heig das geng so schlau gmacht u aui ume Finger gwicklet, er chönn sech haut so gschyd usdrücke, das heig aune imponiert.

Wider het er glachet, sech mit de Finger dür di grauwysse, churze Haar, wo echly wiud ufgstande sy, gstriche, grosszügig wi geng no ne Rundi gspändiert, het nächär schnäu zaut u isch ggange. Er mües zu syr Frou hei, di weu er nid z lang eleini la, het er lysli gseit, u ne Schatte isch über sys vergnüegte, offnige Gsicht ggange. D Monique heig Chräbs, es göng ere nid grad guet. U scho isch er ume nächscht Husegge verschwunde.

Operation, Bestrahlige, Chemotherapie, di üeblechi Prozedur, der Kampf gäge d Chrankheit. D Ärzt hei aus probiert, u glych isch d Monique nümm gsund worde. U eines Tages het me ghört säge, es göngi re ganz schlächt. Gly drufabe isch si gstorbe, u der Admiral isch Witwer worde u het um sy Frou truuret. Wen er vonere verzeut het, isch däm grosse, starche Maa ds Ougewasser cho, un er het eim Leid ta. Er isch eim vorcho wi ne Bäremani, wo nümm weis, wohäre dass er ghört.

Imene grosse, mit wiude Räbe überwachsnige Huus vis-à-vis vo der Routier-Beiz im Stedtli het es Ehepaar gwohnt. Mindeschtens einisch ir Wuche sy si zum Nachber über d Strass ga ässe; si hei scho syt Jahre ire Stammplatz gha, ds Zwöier-Tischli hinde linggs vor der Chuchi. Der Monsieur Gilbert isch scho wysshaarig gsi, ömu zimlech euter aus sy charmanti Frou, wo mit irne dunklen Ouge u de länge schwarze Haar, wo si meischtens zumene Zopf gflochte treit het, echly öppis vonere Asiatin gha het. Mi het der Ydruck übercho, di beide verstönge sech guet. Si hei mit fasch autmodischer Höflechkeit ggrüesst, u der Monsieur isch eim o wäge sym für ne Maa ungwohnt sanfte Gsichtsusdruck ufgfaue.

Wo mer wider einisch sy cho ässe amene Frytigaabe, het der Wirt ganz betrüebt es Leidzirkular us ere Schublade gno un is verzeut, sy Nachbar u Fründ syg leider vor churzem plötzlech gstorbe. Ds Härz heig nümm weue mitmache. Mi heig ne zwar no i ds Spitau bbracht, aber jedi Hiuf syg z spät cho. Di einzigi Tochter vom Gilbert heig sech chürzlech ds Läbe gno, u sy Fründ heig dä Schicksausschlag nid chönne verchrafte. Un es heig ne möge, dass o ihm der Etienne zimlech viu Gäut abgchnöpft u nie zrüggzaut heig. Das aus syg z viu gsi für ne. Er het läär gschlückt un is no einisch Wyssen ygschänkt, u mir hei e Momänt lang gschwige, a Monsieur Gilbert ddänkt u zum grosse Huus übere gluegt, wo jitz d Sylvie, d Witwe, eleini gwohnt het.

Öppe nes haubs Jahr speter het me sech im Stedtli verzeut, der Admiral syg verliebt. Ja, tatsächlech, richtig verliebt! Wi nes ganz jungs Pärli chöme si aube derhär, Hand i Hand, d Sylvie un är.

D Sylvie?, hei mer gfragt u nid gwüsst, wär gmeint isch.

Das syg doch klar, d Witwe vom Gilbert!

Ungloublech! Mir hei zersch der Chopf gschüttlet u gmeint, das syg nume nes Grücht, wo me nid dörf ärnscht näh. Wo mer ds Liebespaar du säuber gseh hei, hei mer is mit eigeten Ouge vo däm nöie Glück chönnen überzüge. Di beide sy gly drufabe äng umschlunge im Café uftoucht. Si hei churz ggrüesst u numen Ouge für sich gha. Der Admiral het uf sy Begleiteren ygredt, u si het zue nem ufegluegt, d Hand zärtlech uf sy Arm gleit – u scho sy si zäme verschwunde. Mir hei ne nachegluegt u gstuunet. Isch das mönschemüglech gsi? Der Admiral, wo syt em Tod vo syre Monique us luter Einsamkeit u Truur mängisch z viu trunke het u wo me nümm het ghöre lache – u d Witwe Sylvie, wo sech syt em plötzleche Tod vo irem Maa chuum meh ir Öffentlechkeit zeigt het? Di beide es Paar, es richtigs Liebespaar – imenen Auter, wo me sech eigetlech nümm so ohni wyteres verliebt? Het das chönne guet cho? Mi het der Chopf gschüttlet u's nid so rächt chönne gloube, dass öppis Ärnschthafts drus würd. Ja, dass beidi probiert hei, sech übere Verluscht vom Partner z tröschte, het me guet chönne begryffe. Erstuunlech isch gsi, wi sech di beide veränderet hei, si hei beidi richtig ufbblüeit u sy eim mindeschtens zäh Jahr jünger vorcho.

Di Verliebte syge zäme verreist, i Süde, het me nes paar Wuche speter ghört säge. U plötzlech sy si wider da gsi, geng no verliebt, u mi het ne vo wytem aagseh, wi glücklech si sy gsi. Der Admiral het das o gar nid weue verstecke, im Gägeteil. Er isch wi früecher mängisch ohni Begleitere bym Apéro uftoucht, het grosszügig wi geng e Rundi gspändiert, aui mit sym guete Luun aagsteckt u offe verzeut, wi glücklech dass er syg mit der Sylvie. Er syg nid e Maa, wo lang chönn eleini sy, het er zueggä. Dass er so gly wider e Frou u ds grosse Glück würd finde, das hätt er nid ddänkt. Er gniessi ds Läbe wider. Un er weu se nümm loslaa, d Sylvie. So ne schöni, rassigi, gschydi u ersch no humorvoui Frou, wo nid nume en interessanti, äbebürtigi Partnere syg, sondern o guet zue nem luegi! Er wachi am Morgen uuf u meini mängisch, er tröimi nume. U sicher hätt d Monique nüüt dergäge, im Gägeteil, di heig em vor irem Tod no a ds Härz gleit, er söu de uf ke Fau z lang eleini blybe, er bruuchi wider e Frou. Er het wider lut u vergnüegt glachet wi denn, wo d Monique no gsund isch gsi.

We me di beide, der Admiral mit der Sylvie, irgendwo gseht, fröits eim, dass di zwe Mönsche sech gfunde hei. Si verstöh sech offesichtlech beschtens, sy vou Plän für iri gmeinsami Zuekunft u hei Sorg zu irem Glück, wo nid säubverständlech isch, das wüsse si beidi sicher am beschte.

Es Wuchenänd z Paris

Musiker, het si aagno, syge bsunderi Type, echly anders aus gwöhnlechi Stärblechi, ömu interessanter, cooler. Si het ne amene Fescht lehre kenne. Er het dört inere Band Saxophon gspiut, isch weni euter gsi aus sii, u si sy zwüsche syne Uftritte i ds Gspräch cho. Es het ere imponiert, dass er aus Lehrer Urloub gno het, für mit syre Band z Paris ufzträtte u dört e CD ufznäh. Es chönn guet sy, dass er nümm zrügggöng i d Schueu, het er erklärt, er weu probiere, vo der Musig z läbe, ömu di nächschte paar Jahr. Er het guet usgseh, gross, mit breite Schultere, düretrainiert, u di blonde, länge Haar het er zumene Rossschwanz zämebbunde treit, das het em dä bsundrig künschtlerisch Touch ggä, wo re gfaue het.

«Chöi mer is morn gseh?», het er gfragt, u si isch zersch echly usgwiche, hets nid weue verspräche. Aber si het ne am nächschte Tag du glych troffe, u der Tom het ere schöni Ouge u viu Komplimänt gmacht u beduuret, dass er ke Zyt heig, für mit ere no einisch uszgah, er müessi scho am übernächschte Tag uf Paris verreise, er chönn dört für nes paar Wuche d Wonig vomene Kolleg übernäh, wo grad z Amerika syg. «Chumm mi doch einisch am Wuchenänd cho bsueche, mit em TGV bisch ja gly z Paris, es het gnue Platz für ds Übernachte.»

Ah – Paris, het si ddänkt, da würd i grad sofort häregah. Si het probiert, iri Begeischterig nid grad so offe z zeige, u isch usgwiche, si wüss no nid, was si für Plän heig ir nächschte Zyt. Si weu sechs überlege... Es hätt ja chönne sy, dass er sy Yladig nid ärnscht gmeint het.

I de nächschte Tage het si geng wider gwärweiset, öb si em Tom einisch söu telefoniere. Sys Handy-Nummero het si ja gha. Si hätt chönne frage, öb er sech guet ygläbt heig, das wär nid ufdringlech gsi. Aber si hets nid gmacht, het nume geng dervo tröimt, wis wär, mit emene Fründ Paris z entdecke, imene gmüetleche Bistro z sitze u enand verliebt i d Ouge z luege, Hand i Hand d Champs-Elysées zdüruuf oder zdürab oder im Quartier latin ga z spaziere. D Stadt vo der Liebi, d Stadt, wo si gärn verliebt wär gsi. U si het der Tom nid chönne vergässe u sech gfragt, öb er se ächt o chly vermissi.

U öppe nach zwo Wuche, wo sis scho fasch ufggä het, no lenger z tröime vo Saxophonkläng, blondem Rossschwanz u Märliprinz, isch ires Handy ggange, u si het zersch sy Stimm fasch nümm kennt.

«I bis, der Tom, dä mit em Saxophon», het er gseit.

«Hesch mi scho vergässe?»

«Nei, natürlech nid.»

«Du muesch unbedingt uf Paris cho! Es het gnue Platz ir Wonig, u i cha mer Zyt näh, mir hei zwar zimlech Stress u geng no Probe, aber es fägt. I bi sicher, di nöji CD wird en Erfoug, u de chan i ohni d Schueu guet läbe.»

Si het sech la überrede, das heisst, es het weni bbruucht, für dass si ja gseit het.

Es Wuchenänd z Paris! Si het sech i ne Vorfröid ynegsteigeret u sech aus i de schönschte Farben usgmaut. Win er se am Bahnhof, am Gare de Lyon, würd cho abhole, se würd umarme, ganz spontan, u win er se würd verwöhne, se ir Stadt umefüere. Sicher dörft si ne zu de Probe oder zumene Uftritt vo syre Band oder sogar i ds Studio begleite.

Si het ändlos y- u uspackt u wider ypackt u nid gwüsst, was für Chleider si söu mitnäh. Es isch aafangs März gsi u no nid richtig Früelig, ömu no nid warm gnue, für dusse z sitze. Schad. Si hätt gärn e Fahrt uf der Seine mit emene Bateau-Mouche weue mache. Mit füfzäni isch si zum erschte u einzige Mau z Paris gsi, denn no mit den Eutere, wo re di Reis zum Geburtstag gschänkt hei, u si het nüüt vergässe vo au däm, wo si denn gseh u erläbt het: Eiffelturm, Place Concorde, Sacré-Coeur, Montmartre, Boul'-Mich, Notre Dame, Clochards under de Brügge, früschi croissants zum Zmorge u eleganti Läde u d Métro...

Iri Mueter het ere am Telefon, wo si re verzeut het, si göng am Frytignamittag uf Paris, no gseit, d Stadt syg im Früelig bsunders schön, u si söus gniesse.

«Bisch eigetlech verliebt i dä Musiker?»

«I bi nid sicher. Es bitzeli scho.»

«Gibs zue, i merkes dyre Stimm aa.»

«Ja, du hesch Rächt. Er gseht uverschämt guet uus u het sicher scho viu erläbt, er isch eifach e coole Typ.»

Es het se ddünkt, öppis Schöners chönn ere nid passiere. E Fründ z Paris, wär würd sech das nid wünsche. Vor luter Ufregig het si chuum chönne schlafe vor der Abreis, u drum isch si im TGV yddöset u fasch z schnäu am Gare de Lyon aacho. Es het scho afa ynachte, u si isch sicher gsi, der Tom würd se a däm erschten Aabe sicher usfüere, zersch zum Ässe i nes chlys Restaurant, nächär i ne Boîte de nuit. Ah, ds Pariser Nachtläbe isch sicher öppis ganz Bsundrigs gsi, u si het plötzlech rasends Härzchlopfe gha u ganz füechti Händ...

«Hoi, da bisch ja!», het er gseit, viu meh nid, het ere höflech di schwäri Reisetäsche abgno u se Richtig Métro dirigiert.

«Gö mer zersch zu dir hei?», het si gfragt.

«Ja, es isch zimlech wyt. Wi eim das müed macht, das ewige Umefahre mit der Métro!»

«Hesch der ganz Tag Probe gha? Muesch hütt Aabe no ga spile?»

«Nei, i ha jitz frei. Aber i bi zimlech düre.»

Ir Métro zwüschen au de Lüt im Gstungg het me nid guet zäme chönne rede, u so hei si gschwige, u si het ne heimlech vo der Syten aagluegt. Irgendwie isch er anders gsi, aus si ne ir Erinnerig het gha, aber si hätt nid chönne säge, was sech i de letschte zwo Wuche veränderet het. Es isch my Fähler, i erwarte wi geng z viu, het si sech gseit u ghoffet, er toui de uuf, speter, im Appartement vo sym Fründ oder im Restaurant, u mit chly Musig u Cherzeliecht chömm de das Gfüeu vo Glück, sech z gseh, scho wider. Ds letschte Mau, wo si sech troffe hei, het si nem ömu gfaue, das het si denn sofort gmerkt. Oder het er e schlächte Luun gha, wius het afa rägne? Zueggä, mit Räge het o sii nid grächnet, das het nid zumene romantische Tête-à-tête z Paris passt.

D Wonig im vierte Stock ohni Lift ir Neechi vor Porte Dorée isch fyschter u äng gsi: zwöi abgschreegeti Zimmer under em Dach, eis mit emene französische Bett, ds andere mit emene Bettsofa, e Choch-Egge mit zwone Platte hinder emene Vorhang u no es winzigs WC- u Duscherüümli, wo me sech chuum het chönne drääie. Si het

Hunger gha u drum der Vorschlag gmacht, öppis ga z ässe. «I lade di y.»

«Das isch nid nötig, mir chöi d Chöschte ja teile», het er gmeint. «Es het es Take-away grad näb der Métro, dört chöi mer öppis ga hole. Ds Ässe isch süsch z tüür, u hie ir Gäget hets sowiso kener günschtige Restaurants.»

Es isch em offesichtlech z ufwändig gsi, no einisch mit ere irgendwo häre z fahre. Si isch zwar scho chly enttüüscht gsi vo syre Reaktion, aber schliesslech het er der ganz Tag müesse probe u isch müed gsi, das het si chönne verstah.

So hei si zwe Croque Monsieur u Salat ghout, immerhin öppis Französisches, un er het se ohni Widerred la zale. Derfür het er e Fläsche Tischwy ufta, u si het probiert, Konversation z mache. A däm Aabe het si mit em Tom über nüüt anders aus über sy Band chönne rede.

Was machen i fautsch?, het si sech gfragt u isch sech plötzlech einsam vorcho, wo si sech nächär uf em Bettsofa es Gliger zrächtgmacht het. Jitz wär i einisch z Paris u möcht so viu wi müglech gseh vo dere Stadt – zäme mit emene attraktive Maa. Wiso isch er scho ga schlafe u het mer nume nes flüchtigs Müntschi ggä u der ganz Aabe kes einzigs Komplimänt gmacht? I ha o nid gspürt, dass er sech über my Bsuech würklech fröit. Wen er mi wenigschtens einisch richtig umarmet hätt! Bin i z aaspruchsvou? Vilicht isch er eifach müed vo de Probe. Morn isch sicher aus anders... Si isch uf em unbequeme Bettsofa geng wider erwachet u het ghört, dass es wi us Chüble grägnet het.

E richtig graue Rägetag ischs worde, u vom berüemte häue Himu z Paris het me der ganz Tag ke Spur gseh. Dass se der Tom am Morge mit heissem Ggaffee u Croissants würd wecke, het si nid erwartet – oder heimlech haut doch? Er het Wasser überta u gseit, er ässi nid Zmorge, es Ggaffee längi, un er mües pressiere, er heig gly Prob, mit der Métro sygs fasch Dreiviertustund, un er hoffi, si wärd trotz em Rägewätter Paris ga aaluege.

«Nimsch mi mit? I möcht gärn gseh, wo dihr probet u wis tönt, un i würd o gärn dyner Kollege lehre kenne», het si vorgschlage, aber er het kes Musigghör gha. Das göng leider nid, si würd sech nume längwyle. U Frouebsuech syg nid erwünscht.

«I störe sicher nid, un es interessiert mi, was dihr spilet», het si sech verteidiget. Er het nume der Chopf gschüttlet, sy Nescafé ustrunke u isch gly drufabe ggange.

«Da hesch e Schlüssu», het er no gseit. «I chume ersch spät hei, i schicke der de es SMS. E Stadtplan hesch ja sicher, u d Museum sy hütt offe. Auso, bis speter. Tschou.»

Das isch aus gsi, un es het se so möge, dass si grad zrügg i ds Bett isch u no einisch het probiert, echly z schlafe. Amene settige trüebe Rägetag Paris ga aaluege? Z zwöit under emene Rägeschirm wär o das schön gsi, aber eleini? E Momänt lang het si sech gfragt, öb si grad wider söu heifahre? Nei, si het sech so gfröit gha ufe Tom u uf Paris, uf en Aafang vonere wunderschöne Liebesgschicht...

I chönnt öppis ga ychoufe u der Tom mit emene feinen Ässe überrasche, het si überleit. Cherze u Blueme bruuchts, de wärs sofort gmüetlecher hie.

Jitz het si es Ziiu gha, u gägen Aabe isch der Tisch schön ddeckt gsi. Si het Vorspyse gchouft u die schön uf zwene Täuer aagrichtet u garniert, u ds fixfertige Couscous us emene tunesische Lade het nume no müesse ufgwermt wärde. Zum Dessär hets Patisserie ggä, Eclairs mit viu Schoggelaglasur. Vo Paris het si nid viu gseh, isch nume d Champs-Elysées zdürabgloffe u nächär wider zrügggfahre mit der Métro. Si het sech scho wider gfröit: uf ene gmüetlechen Aabe u uf d Ouge vom Tom über iri Überraschig.

Er isch spät cho, viu z spät, u si het scho fasch d Häufti vo der Baguette ggässe gha, wiu si so lang het müesse warte.

«Ah, guet, du hesch öppis gchouft, i ha Hunger», het er nume gseit, d Cherze u d Blueme gar nid gseh, u ds Hors-d'oeuvre-Täuer isch im Hui läär gsi. Nach em Couscous het der Tom afa gine, ds Dessär het er zur Häufti la stah, er mües uf sys Gwicht ufpasse. U scho isch er i sym Zimmer verschwunde. Er mües no ga Mails beantworte... Er het se mit em dräckige Gschiir eleini gla, u das am zwöite u letschten Aabe. Si het gsüüfzget, hätt gärn e Szene gmacht, nume hätt das nüüt bbracht. Er isch nid vo Merkige gsi, eigetlech zimlech e Längwyler, u ussert über sy Musig u sy Band hets kes Thema ggä für ihn. Kes einzigs Mau het er gfragt, was sii machi, was für brueflechi Plän sii heig, er isch nid im Gringschten uf sen yggange. Si hätt gradsoguet us Luft chönne sy. Mit emene settigen Egoischt cha me nüüt aafa, het si sech müesse säge u sech vorgno, em Tom no e haube Tag e Chance z gä, lenger nümm.

Leider hets am Sunntig geng no grägnet, u das het aus no schlimmer gmacht. Si isch deprimiert gsi, un er het o das natürlech nid gmerkt. Si sy am Namittag e Fium ga luege, hei nächär imene Bistro schnäu, wider viu z schnäu, öppis ggässe – un er het d Rächnig sofort dür zwöi teilt u grad ires Chinobillet derzuezeut u ds Gäut vo re sofort ykassiert. U scho wider het si sech müesse frage: Was machen i hie z Paris? Wiso het er mi la cho? Isch er nid gärn eleini am Wuchenänd? Wiso passiere mer geng wider settigi Enttüüschige?, het si sech gfragt. Was isch mit de Manne los? Wiso graten i geng a di fautsche? Entweder hei si scho ne feschti Fründin u probieren eim das z verheimleche, u mi verliebt sech u macht sech scho Hoffnige, bis mes plötzlech merkt... Oder de hei si luter Chnörz u sy Längwyler, dass me nid richtig mit ne cha rede, oder si sy Egoischte u verwöhnti Muetersühnli. U der Tom isch o no gytig. I hätt nid ddänkt, dass usgrächnet e Musiker e settige Rappespauter chönnt sy.

Ire TGV isch gägen Aabe gfahre. Zum Glück. Lenger hätt sis nid usghaute mit em Tom, si het Buuchweh gha u nümm gwüsst, was si no chönnt mit em rede. Er het se du glych ufe Zug begleitet, u zmitts im Gare de Lyon, bevor si sech verabschidet het, sy re plötzlech Träne abegloffe.

«Was isch de los mit dir?», het er überrascht gfragt, u sys hiuflose Gsicht het ere no grad der Räschte ggä. Offesichtlech ischs em pynlech gsi, dass si so hemmigslos ggrännet het.

«Nüüt, nüüt», het si abgwehrt. «Es isch mer nid so guet. I styge jitz y. Sorry. I ha der sicher dys Wuchenänd verdorbe.» «Aber mir heis doch schön gha zäme!», het er bhouptet. «Meinsch würklech? Da drunder verstan i öppis anders. Merci. Machs guet.» U scho isch si im Zug gsi.
«Wenn chunsch wider?», het er no grüeft, u si het nume der Chopf gschüttlet.

Er isch no dusse gstande, het gwartet, bis der TGV abgfahren isch, u het gwunke. Er het nüüt begriffe, nüüt gspürt, het si ddänkt, un i ha mer luter Illusione gmacht, mer so fescht gwünscht, es chönnt e Liebesgschicht drus wärde. I cha nüüt derfür, dass es so gloffen isch, u glych tuets mer weh. I bi di ganzi Zyt z Paris gar nid mii säuber gsi.

Es abbrönnts Zündhöuzli

D Marianne isch amene Sunntignamittag uf der Terrasse gsässe u het weue läse, aber ds Buech het se nid bsunders interessiert. Si hets näb sech gleit u afa tröime. Vögu hei pfiffe, u mi het es Chind vo wytem ghört rüefe. Uf em Rand vomene Bluemetopf sy es paar Ameisi flyssig hin u här gloffe. Nid wyt ewägg het öpper Flöte güebt, zersch verschidnigi Tonleitere, nächär Triller u ganzi Melodiie. Dä höch, klar Flöteton het Erinnerige gweckt a d Zyt, wo si imene Amateurorcheschter einisch es paar Wuche bi de Celli mitgspiut het...

Er het uf sy Ysatz gwartet u re Blicke zuegworfe: der erscht Flötischt, e Bruefsmusiker, wo auben isch zuezoge worde, wes schwirigi Soli het gä z spile. Er het André gheisse. Blaui Ouge, mittugross, sympathisch, nid bsunders uffauend – ussert emene spitzbüebische Lächle, wo si charmant gfunde het. Inere Pouse sy si i ds Gspräch cho. Si isch ledig gsi, het ke Fründ gha, si het ersch vor churzem i däm Stedtli e Steu aagno gha. Im Orcheschter het si Glägeheit übercho, Lüt mit ähnlechen Inträsse lehre z kenne.

Musiziere git Durscht. Drum het me sech nach de Probe meischtens im Restaurant näbedraa no zumene Bier troffe, u mi isch echly überddrääit gsi u hätt sowiso no nid chönne schlafe. O der André isch geng a rund Tisch ghocket u het luschtigi Episode us sym abwächsligsryche Läbe aus Musiker gwüsst z verzeue, vo schwirige Dirigänte u verpatzte Soli, vo berüemte Solischtinne u junge Komponischte, wo gmeint hei, si heige es geniaus

Wärk gschribe, wo du zletscht gar nid spiubar isch gsi. Er het anderi guet chönne nachemache.

D Marianne isch dagsässe, het zueglost, mängisch Träne glachet, iri Stange Panache trunke u isch a de Lippe vom André ghanget. Er het ere gfaue. Es het numen ei Haagge gha: Er isch verhüratet, auso eigetlech tabu gsi. Zwar hets gheisse, es göng nid guet i deren Ehe, sy Frou syg ehrgyzig u verwöhnt u viu unterwägs, si nähm aus Architektin jeden Uftrag aa u interessier sech nid bsunders für klassischi Musig.

Mängisch het sech d Marianne gfragt, öb ächt Bläser scho vom Musiziere, vom Lippenaasatz här bsunders guet chönne küsse, besser aus anderi Manne? U eines Tages isch ere der André nach ere Prob mit em Outo nachegfahre, quer dür d Stadt, em letschte Tram nah, wo si drin gsässen isch, u het se vor em Huus, wo si gwohnt het, abgfange. Bevor dass si öppis het chönne säge, het er se am Arm packt, fasch ruuch, se a sech ddrückt u wi nes chlys Chind bbättlet: «Nimm mi no mit ufe. I mues mit öpperem chönne rede, bitte!»

Er het ere Leid ta. Si het gmerkt, dass er verzwyflet u truurig isch, u si het ne nid uf der Strass weue la stah i däm Zuestand. Si het e Fläsche Wy ufta, un er het afa verzeue vo syre Ehe, wo i ne Sackgass grate syg. D Yvonne heig sech ir letschte Zyt veränderet, nähm nümm Aateil a sym Bruef, u wen er üebi oder deheim Flötestunde gäbi, göng si demonschtrativ zum Huus uus, si vertrag dä Lärme nid, säg si, aber Musiziere syg sys Läbe, das heig si doch scho geng gwüsst.

D Marianne het sech settigi Problem nid weuen uflade. Het si sech würklech i André verliebt gha, oder isch si nume echly einsam gsi win är o? Uf gar ke Fau het si weue d Fründin vomene verhüratete Maa wärde, o wen er scho a däm erschten Aabe gseit het, er würd sech über churz oder lang la scheide, er hauti das nümmen uus, es machi ne kaputt. Zletscht het si ne meh oder weniger uf d Strass müesse steue, er het gar nümm weue heigah. Ja, u natürlech het er se du no küsst, mit weiche, zärtleche Flötischtelippe.

Es isch nid bi däm einzige Bsuech bblibe, er isch fasch nach jederen Orcheschterprob spät no zu ire heicho, u si het gmerkt, dass iri Gfüeu geng meh dürenand grate sy. Ischs Liebi oder ender Mitleid?, het si sech gfragt, we der André bhouptet het, si syg di Einzigi, wo ne verstöng, er bruuchi se u heig se gärn, er chönn nümm läbe ohni sii – un er het jedesmau e roti Rose fürezouberet, won er vermuetlech im Garte näbedraa gstole het gha, u het se fasch verddrückt, d Blueme u d Marianne. Es het ere plötzlech Angscht gmacht, si het chuum meh Schnuuf übercho, het sy Verzwyflig gspürt u nid gwüsst, wi si sech söu verhaute.

Churz drufabe isch ere e Steu im Ussland aabbotte worde, u si het sech sofort entschlosse, di Chance aaznäh u dä Schritt z wage. Si isch no ir Probezyt gsi, het schnäu chönne chünde, u o für d Wonig het si sofort e Nachmieter gfunde. Nume ds Musiziere im Orcheschter het se gröit –

u der Abschiid vom André isch ere schwär gfaue. Er het ggrännet wi nes chlys Chind, wo si ihm das gseit het, u si het sech no lang hingedry Vorwürf gmacht, si syg feig gsi u heig nen im Stich gla. Zersch het er doch müesse zumene Entschluss cho, ohni sech vo ire la z beyflusse. D Dischtanz u der nöi Job hei re ghulfe, über di unglücklechi Liebi ewäggzcho, u der André isch vonere enttüüscht gsi u het sech nümm gmäudet.

Öppe zwöi Jahr speter het si du verno, er heig sech la scheide u läb jitz mit ere nöie Partnere zäme, ere sympathische Lehrere, wo guet zue nem passi. Si het ufgschnuufet.

U jitz das Flötesolo... Si dänkt wider a André, a syni blauen Ouge u weiche Lippe, u wi verzwyflet er isch gsi.

Zäh Jahr speter het si inere Zytig sy Todesaazeig gläse. Si Läbespartnere het unterschribe, der Name vo syre Frou isch niene gstande. Er isch viu z früe gstorbe, a Chräbs, u si het ghoffet, er heig zletscht nid z viu müesse lyde.

Vergässe het si ne nie. Nid nume we si es Flötesolo us der «Rosamunde» vom Schubert ghört, dänkt si a ne – o we öpper e Zigarette mit emene Zündhöuzli aazündet, chunt ere der André wider i Sinn, u si gseht ne vor sech u ghört sys Lache. We si nach eim vo syne heimleche nächtleche Bsüech i irer Wonig am nächschte Tag d Stägen ab ggangen isch, het si jedesmau es abbrönnts Zündhöuzli uf em Bode gfunde. Er het sech aube im Stägehuus no schnäu e Zigarette aazündet u ds Zündhöuzli la gheie. Es abbrönnts Zündhöuzli – genauso abbrönnt hets denn i nem innen usgseh, u si het em nid würklech chönne häufe.

Pellworm u Norderoog

Ds Houzschämeli vom Herr Hansen het eifach zur Hushautig ghört. We si züglet isch, hätt si das autmodische Möbustück aube am liebschte furtgheit, aber de isch ere aus wider i Sinn cho: der wyt, höch Himu mit de wiude Wulke ar Nordsee z Dütschland, di auti nordfriesischi Insle Pellworm mit em Deich rundum, wo vor em Höchwasser gschützt het, ds riisige graue Wattemeer, wo me z Fuess düre Schlamm u Schlick het chönne loufe, Ebbe u Fluet im ständige Wächsu... Das het si einisch erläbt u nie meh vergässe, u der aut Herr Hansen, wo Schryner isch gsi u sicher scho lang nümm läbt, het ere zum Abschiid das Schämeli gschänkt, es Fuessschämeli, wi me se hütt nümm bruucht u öppe no e Bluemestock druf steut.

Si isch denn öppis über dryssgi gsi, het grad en unglücklechi Liebi hinder sech gha u müglescht wyt ewägg weue Ferie mache, eleini. E dütschi Fründin het ere vo de nordfriesischen Insle vorgschwärmt, vo der Stiui dört, wyt oben im Norde. Si het Proschpäkte vo Pellworm la cho u vom Verchehrsbüro es Zimmer für zwo Wuche la reserviere u afa Storm u Liliencron läse, für sech yzstimme, Gschichte u Ballade vo Sturmfluete u vom Untergang vo der gheimnisvoue Stadt Rungholt i der zerrissnige Insle- u Halligwäut.

Z Pellworm isch si geng früe dür ungwohnti Grüüsch erwachet. Es wär schad gsi, der Morge uf em Land z verschlafe. E Güggu het gchrääit, Hüener hei ggaggeret, Gäns gschnatteret, Vögu pfiffe. I der chlyne Friesestube hets es opulänts Zmorge ggä, serviert vo der Frou Hansen, wo wi geng über ds Wätter gredt het, es ewigs Thema uf Pellworm, wo me mit em Tidekaländer gläbt het. Dä het für jede Tag d Zyte vo Ebbe u Fluet, Höch- u Nidrigwasser aaggä, wo sech je nach der Stelig vom Mond zur Sunne geng wider verschobe hei u wo me het müesse kenne. Nächär het si ds Velo, wo si vo der Frou Mommsen im Huus näbedraa gmietet het, us em Schopf gno, ds hindere Rad ufpumpet u isch dervogfahre.

Si het nümm rächt gwüsst, wi lang si scho uf der Inslen isch gsi, si het ds Gfüeu für d Zyt verlore. Nume no Wind, Wulke, Wyti u Wasser hei zeut. Uf eren Insle cha me aus hinder sech laa u ganz ir Gägewart läbe. Si isch a de aute Kaate u Friesehüser u de paar wyt verströite Burehüser verbycho. Es paar sy no geng mit Schiuf ddeckt gsi, mit Reht. Flachs Land, grüeni Matte, wo im Norde Fenne heisse, mit Chüe, wyt ewägg der rot, vierzg Meter höch Lüüchtturm, eis vo de Wahrzeiche wi d Turmruine vo der aute Chiuche u di urauti Nordermüli. Es het nach früschem Höi gschmöckt u i de Gärte hei d Rose bblüeit. Der Seedeich um d Inslen ume, nid ganz dryssg Kilometer läng, isch mit Gras überwachse gsi u het nid nume gäge d Fluete gschützt, er isch o Weidland gsi für di vile Schaf uf Pellworm. Geng, we si ufe Deich ufegstigen isch, het si dra ddänkt, dass di Insle ohni dä Schutz zwöimau im Tag überschwemmt würd u d Fäuder fasch e Meter under Wasser würde stah. Es isch grad Ebbe gsi. Ds Wattemeer het sech bis a Horizont usddehnt, e Landschaft mit emene dopplete Gsicht: nümm ganz Meer, no nid ganz Land, u uf en erscht Blick hätt me chönne meine, es gäb dört kes Läbe, nume Ödland u Stiui. Am Strand hets ke Mönsch gha, derfür Schaf u Vögu. Si het ds Velo abgsteut u d Schue u d Socke abzoge. Ganzi Schwärm vo Ouschterefischer u Möwe – Silbermöwe, Heringsmöwe, Sturm- u Lachmöwe – hei höch obe iri Rundine ddrääit u gchrächzet u se i ds Wattemeer usebegleitet, ere ändlose Flächi us Sand, Tümple, Priele u Muschubänk. Si isch mit de blutte Füess i füechtglänzig Schlick u Schlamm ytoucht, mängisch bis zu de Chnöchle ygsunke u nächär wider wi über ne Teppich us Muschle gloffe. We me guet glost het, hets ringsum gchräschlet u gchnürschet im Schlick, wos wimmlet vo Läbewäse. Uf emene einzige Quadratmeter chöme bis zu hunderttuusig winzigi Tier vor, Schlickchräbse, Wattschnägge, Goldköcherwürm u Sandköderwürm, wo Hunderti vo Sandhüüffeli erbräche. Das unverdoute Materiau gseht uus wi Schnüer u biudet unregumässigi Muschter. I de Priele, wo echly Wasser zrüggbbliben isch, hei Fischli zablet u sy desumegflitzet, u Garnele hei sech i Sand ybbuddlet.

Si het wi geng gstuunet u gluegt u glost – u gspürt, dass das e richtig gsundi Fuesskur isch gsi, besser aus e tüüri Behandlig imene Kurbad. Nume z wyt use isch si nie ggange, eleini het me besser ke lengeri Wattwanderig gmacht, da het me sech guet müessen uskenne, süsch hätt me sech verloffe, u das wär gfährlech gsi.

Jede Tag isch si mit em Velo zur Hooger Fähre gfahre. Vo dört sy Schiff zu de Seehundsbänk, uf d Hallig Hooge oder mängisch uf Norderoog, d Voguinsle, usegfahre. O Krabbekutter hei hie aagleit. Unden am Deich hets e Kiosk gha, wo d Emmi Petersen gfüert het, e rundlechi Pellwormere mit viu Humor, wo se mit emene härzleche *Moin, moin* begrüesst het. (Das heisst nid öppe guete Tag, das chunt us em Westfriesische *mooi* = guet.) Bis am Aabe het me chönne Glace, Getränk, Flensburger Bier, Thüringer Würscht, Schaschlik, Seezunge u Pommes choufe u echly tampe, schnacken.

I de Strandchörb hets ke Mönsch gha. Es isch o aafangs Juli meischtens z chaut gsi für z bade, u bis d Fluet isch cho, hets no es paar Stund dduuret. Uf em Bänkli vor der Mole, wo der Kapitän Hellmann mit sym Schiff aube aagleit het, isch e junge Maa gsässe. Sy gäubi Rägejagge het vo wytem glüüchtet. Er het es schmaus, vo der Sunne bbrüünts Gsicht gha u ne Bart.

Wiu si chaut het gha, isch si em Meer nah ga loufe, für sech ufzwerme. Wo si zrüggcho isch, isch der einzig Passagier oder Tourischt wyt u breit geng no da ghocket u het zuegluegt, wi d Fluet langsam isch ynecho. U so sy si du ganz vo säuber i ds Gspräch cho.

Der Studänt us Norddütschland het Holger gheisse. Er het uf d Fähre gwartet, für uf di winzigi Hallig Norderoog z fahre, won er e Summer lang aus Voguwart vo der Seevogufreistätt isch aagsteut gsi. Er syg a der Nordsee ufgwachse, hinder em Deich, studieri Geographie, Pädagogik u Sport u mögi di einsami Gäget hie obe a der Nordsee, bsunders d Hallige. Das syge kener richtigen Insle, ender besseri Schlickbänk ohni Deiche, ganz platt u ohni Böim, einzigartig uf der Wäut, het er verzeut. Uf Norderoog läbi ussert em Voguwart ke Mönsch.

Ir Zwüschezyt het ds Schiff aagleit, u der Holger het sys Gepäck ghout, won er bim Kiosk ygsteut het.

«Ich beneide dich ein bisschen», het si gseit. «Nichts als Einsamkeit, Ebbe und Flut und Vögel auf deiner Hallig.»

«Komm doch mit», het er mit emene charmante Lächle vorgschlage, aber si het der Chopf gschüttlet. Das syg leider nid müglech hütt. Das isch zwar nume en Usred gsi. Si het echly Angscht gha, iri Feriefreiheit z verliere.

«Besuch mich mal! Fast jeden Tag fährt ein Ausflugsboot hinaus», het er vorgschlage.

«Vielleicht, wenn ich Zeit finde. Ich will lieber nichts versprechen», isch si usgwiche.

Der Kapitän het der Motor aaglaa, u der Holger isch ygstige. Si isch uf der Mole gstande, nume zwe Meter ewägg, u si hei sech i d Ouge gluegt. Er het graugrüeni Ouge u eigetlech gfaut er mer, het si ddänkt. Het er das ächt gmerkt?

Scho isch ds Boot wyt usse gsi, u d Gsichter vo de paar wenige Passagier het me nume no verschwumme gseh, nume d Jagge vom Holger het ir Sunne glüüchtet. Er het gwunke, u si het zrügggwunke, u plötzlech hets ere Leid ta, dass si nid spontan mitgfahren isch. U we si ne nie meh würd gseh? De hätt si ne für geng verlore. Das het se möge. Lang het si em Schiff nachegluegt u afa tröime – bis es am Horizont verschwunden isch.

D Voguinsle Norderoog. Si het im chlyne Halligbuech gläse, dass das Inseli hütt nume no nüün Hektare gross syg. Vermuetlech heigs 1231 zur Insle Kleinstrand ghört. Scho um 1600 heigs uf der Hallig nume en einzigi Werft ggä, wo dür Sturmfluete zerstört worde syg. Speter syg druus d Vogufreistätt worde, es Naturschutzgebiet. Während der Bruetzyt wärdi di chlyni Hallig vo Tuusige vo Seeschwaube u anderne Seevögu bevöukeret.

Der Voguwärter Jens de Wandt, der «Chünig vo Norderoog», wi me nem gseit heig, syg eines Tages nümm vonere Wattwanderig heicho.

> Ist er nicht heimgekehrt?
> Er ist nie heimgekehrt!
> Und woher weisst du von den Stimmen?
> Muss es denn alles ausgeredet sein?[1]

Das Inseli het se fasziniert, u si het sech vorgno, der Holger dört ga z bsueche. Si hätt ne gärn besser weue lehre kenne, er isch ere meh aus sympathisch gsi. Oder isch si sech eifach echly einsam vorcho uf irne Velofahrte rund um Pellworm? Si het geng wider a di unerwarteti Begägnig bir Hoger Fähre müesse dänke.

Scho am übernächschte Tag isch si e Stund vor der Abfahrt vom Usflugsboot by der Hooger Fähre gsi. Fyschteri Wulke sy über d Insle zoge, wi we gly e Sturm ufchämt. Öb er de würklech uf der Voguinsle aahauti, het si der Kapitän i der verwäschnige blaue Seemannsjagge gfragt,

---

[1] Aus der Ballade «Der Tod im Watt», Autor unbekannt

wiu d Tourischte, wo mit eren ygstige sy, nume vo de Seehundbänk gredt hei.

Langsam sy si dür ds «Rummelloch» gfahre, e töiffe Strom, wo di beide grosse Sandbänk Norderoogsand u Süderoogsand trennt. Dört söu sech der Ekke Nekkepenn umetribe ha, wo mänge Wattwanderer uf em Gwüsse heigi, wi me verzeut het. U plötzlech het uf em Schiff öpper grüeft: «Seehunde!» Tatsächlech het me di luschtige Tier chönne beobachte, es ganzes Rudu uf de Sandbänk. Het se der Motorelärme gstört oder d Mönsche? Si sy ömu gly wider chöpfligse i ds Wasser ytoucht, u iri runde Gringli het me ersch wyt usse wider gseh.

Ds Boot isch zersch zur grosse Sandbank Norderoog gfahre. E Stund Ufenthaut i dere Einödi us Sand u Muschle, Wasser u Himu. Der Sand isch warm gsi. D Tourischte sy schnäu usgstige u mit blutte Füess am Ufer nah gspaziert. Nächär isch ds Schiff wytergfahre – u ändlechen isch Land uftoucht, d Voguinsle. Vo wytem het me es Pünktli am Strand gseh, wo sech bewegt het. E Mönsch? Der Holger? Es paar Meter vom Ufer ewägg hei aui müessen usstyge, ds Schiff het nid neecher chönne härefahre, der Wasserstand isch z weni töif gsi. Mi het geng meh Seevögu gseh u vor auem o ghört, u leider hets afa rägne.

Tatsächlech, öpper isch am Ufer gstande mit emene Bänzinkanischter ir Hand un ere gäube Rägejagge. Ds Gsicht het me no nid dütlech gseh. Ischs ächt der Holger?, het si ddänkt. Aber er het ja nid chönne wüsse, dass si scho hütt würd cho. Chuum isch si mit de ufegröuelete Jeans im Schlamm vo der Hallig gstande, het öpper grüeft:

«Ich hab dich erwartet.»

«Ich war überhaupt nicht sicher, ob ich kommen sollte.»

«Ich wusste, du würdest kommen!»

Das müesst er eigetlech erkläre. Oder chan er Gedanke läse?, isch ere düre Chopf ggange.

«Komm, ich zeig dir meine Hütte. Wir haben eine ganze Stunde Zeit, bis das Schiff zurückfährt.»

Der Himu isch ganz schwarz u wyss gsi vo au dene Vögu, u der Lärme, wo si gmacht hei, unbeschryblech. Es isch ere fasch sturm worde. Vo dene Seevöguschwärm über irem Chopf, vom Schoukle uf em Schiff oder wiu der jung Voguwart näb ere gstanden isch?

Unterwägs het si ihm d Schoggelatafele ggä, wo si im letschte Momänt aus Gschänk ypackt het, u isch sech blöd vorcho.

«Ich hab leider nichts Gescheites gefunden», het si sech entschuldiget.

Er het glachet u sech gfröit. «Viel Abwechslung gibts hier nicht, Süssigkeiten sind immer willkommen.»

Si hei sech düre Wind u Räge müesse vorwärts kämpfe. Iri Füess u Bei sy bis über d Chnöi schwarz gsi vom Schlick. U da sy si plötzlech vor der Hütte gstande: e Blockhütte uf dicke Houzpfääu mit ere Leitere.

«Hier in dieser Tonne hats Regenwasser. Mit der Bürste da kannst du dir die Füsse waschen. Nachher klettern wir hinauf in mein Schloss.»

Ir Pfahlbouerhütte hets zwöi gmüetlechi Zimmer mit Kajütebett gha, e winzigi Chuchi wi ne Schiffskombüse u sogar richtigi Fänschter.

«Ich freu mich, dass du da bist!»
«Ich musste kommen...»
Wi gross er isch, het si gstuunet, u si hei sech wider i d Ouge gluegt wi denn bim Abschiid z Pellworm, dasmau vo naachem. D Wäut isch für ne Momänt stiu gstande, e magische Momänt – u plötzlech isch si i Holgers Arme gläge.
Es cha nid wahr sy, es isch z romantisch, viu z schön, het si ddänkt.
«Wie viel Zeit haben wir noch? Eine Viertelstunde? Fährt nicht schon morgen wieder ein Boot hinaus?»
«Eva», het er zärtlech gseit, «es ist mir gestern schwer gefallen, wegzufahren und dich zurückzulassen.»
«Ich dachte, das ginge nur mir so. Ich hab mich ein bisschen geschämt, dem Boot so lange nachzuschauen.»
«Ich hab den Feldstecher aus dem Rucksack genommen, ich wollte sicher sein, dass du mir nachschautest», het der Holger zueggä.
«Die Touristen kehren aufs Boot zurück. Sollte ich...?
«Bleib doch da. Du kannst hier übernachten.»
«Nein, das geht leider nicht, die gute Frau Hansen, meine Zimmervermieterin, würde sich Sorgen machen und mich als vermisst melden. Ich besuch dich vielleicht morgen noch einmal.»
Hand i Hand sy si zum Halligrand zrügggange, begleitet vo ohrebetöibendem Vogugschrei.
Uf der Heifahrt het si tröimt. Holger, Holger... Si het der chaut Wind nid gspürt u o nid, dass si ganz nass isch worde vom Räge.

Han i mi verliebt?, het si ddänkt. Nei, das cha nid sy! Nid so schnäu! U derzue isch der Autersunterschiid z gross, i bi guet füf Jahr euter aus är. Lächerlech!

Znacht hets bbrieschet, was es abe het möge. Ununterbroche. Isch das normau gsi oder isch ds Meer scho übere Deich ynebbroche? Stürm, di grossi Fluet, Nordmeer – Mordmeer. We nume d Blockhütte uf Norderoog nid wäggschwemmt wird. Cha ds Boot by däm Wätter morn usefahre?, het si sech gfragt, u stundelang isch ere ds Lied vo de beide Chünigschind, wo nid zunenand chöi, wiu ds Wasser z töif isch, nachegloffe.

Am nächschte Tag bim Zmorge isch si wider vernünftig worde u het sech gseit, dass Feriebekanntschafte ja sowiso nie guet usechöme. Was si sech da wider ybbiudet het! U si isch sowiso z aut gsi füre Holger.

Es het zum Glück nümme grägnet. Si isch drum mit em Velo wi geng rund um d Insle gfahre, het i d Wulken ufegluegt u sech i nes anders Läbe ynetröimt.

Der Holger würd e Steu aus Lehrer imene nordfriesische Dorf übercho. Si würd i Norde ufe zügle u bi ihm blybe. Scho gly würde si hürate...

Si het ds Schueuhuus mit em Rehtdach vor sech gseh, d Lehrerwonig im obere Stock. E Gsamtschueu. Chind, wo gärn i d Schueu göh. Si würd aus schön yrichte, im Garte Gmües u Blueme pflanze, u im Winter gäbs aube Teepunsch oder Pharisäer, auso Ggaffee mit Zucker, Rum u gschwungeni Nydle. Was cha me nid aus mache imene chlynen Ort uf em Land! Si chönnt e Dorfbibliothek yrichte, imene Chor mitsinge, afa male. Di flachi Landschaft ohni Bärge, mit däm ändlos wyte Himu, wo re so guet gfaut. Plattdütsch müesst si auerdings no lehre oder Friesisch. Deheim würds heisse: Es het se i Norde ufe verschlage. Ja, u eines Tages würde si vilicht Chind ha, blondi mit blaugrüenen Ouge u viune Loubflächke wi d Pippi Langstrumpf. U grüeni Velo u nes chlys Säguboot...

Si het sech es settigs Läbe i de schönschte Farbe usgmaut u doch haargenau gwüsst, dass aus nume Luftschlösser sy gsi. Vermuetlech würd ire zwöit Bsuech uf der Voguinsle en einzigi Enttüüschig sy, u si het o ires aute Läbe nid eifach chönne abzie wi nes Chleid, wo eim z äng wird. Es wär besser, si würd gar nümm härefahre u der Holger sofort vergässe. U glych het si sech dä Troum vom grosse Glück im Norde wenigschtens für nes paar Stund ggönnt – u am Namittag am zwöi isch si haut du wider mit em Kapitän Hellmann zu de Seehundsbänk usegfahre.

D Tourischte hei wider wi wiud d Seehünd fotografiert, u wo si am Norderoogsand aagleit hei, het dört der Holger scho uf se gwartet. Er isch by Ebbe vo der Hallig übere gspaziert, dass si sech chly lenger hei chönne gseh. «Ich hab ein Nest mit Möweneiern entdeckt. Die Jungen sind gerade am Ausschlüpfen. Das musst du unbedingt sehen!» Mit dene Wort het er se begrüesst, u si sy näbenand übere fyn, hütt trochnig Sand gloffe. Der Himu isch geng klarer u wyter worde, u si het ds Gfüeu gha, hie syg der Aafang vor Wäut. Si sy beidi geng stiuer worde.

Hei mer is scho nüüt meh z säge?, het si ddänkt. Oder ischs nume di wunderbari Stiui, wo mer nid wei mit überflüssige Wörter kaputt mache?

Si wärd ne nie vergässe, het si nach emene länge Schwyge gseit. Es isch wahr gsi, u glych... Iri Ferie sy scho fasch verby gsi, u si het chönne zueluege, wi der Troum vom unerwartet gfundene Glück langsam im Schlick versunken isch. D Fluet würd i nes paar Stund aui Spure verwüsche. Guet müglech, dass si sech zersch würde schrybe, der Holger u sii, aber d Dischtanz würd z gross sy, für sech würklech guet lehre z kenne.

U we si sech eines Tages wider würde gseh? Si het probiert, sech e settigi Begägnig vorzsteue. Irgendwo amene grosse, lute Bahnhof, nümm i der glyche wyte Landschaft: es Paar, wo sech nach öppe emene Jahr wider trifft. Ir Zwüschezyt würde si sech veränderet ha u sech aaluege wi frömdi Lüt. Der Holger würd se chuum meh kenne, vilicht hätt er der Bart abgschnitte, u sii hätt es bleichs Gsicht u iri Haar wäre nümm vo der Sunne häu u glänzig, u beidi wäre im Stress u wüsste nach füf Minute nümm, was si sech no z säge hätte, u vermuetlech hätt er sech lengschtens wider verliebt, i ne jungi, hübschi Studäntin...

Da, ds Näscht mit drüne graue, dunkugfläckte Möweneier! Es hiufloses Fäderebündeli isch näb emene scho ufbbrochnigen Ei gläge, het sech bewegt u schwach pypset – eis vo de Junge, wo scho fasch us em Ei usgschloffen isch. Ds Möwewybli isch ufgregt über irne Chöpf kreiset, het gschroue u gmeint, di Junge syge i Gfahr. Der Holger het di beide andere Eier berüert; eis het scho ne Spaut gha.

«Möweneier darf man ohne weiteres berühren, es macht nichts», het er gwüsst.

O sii het eis vo de Eier süüferli aaglängt. Es isch ganz warm gsi, warm vo Läbe. Es chlys Wunder.

Der Holger isch nach ere Stund mit uf ds Boot cho u isch uf d Voguinsle mitgfahre.

«Nächste Woche kommt eine Schulklasse und baut hier einen kleinen Schutzdamm», het er gseit u der Arm um se gleit. «Eva, musst du wirklich schon zurückfahren? Wir haben uns eben erst kennen gelernt. Ich werde dich vermissen.»

Si het gnickt u versproche, si wärd em schrybe.

«Oh je, ich schreibe nur selten, eigentlich so gut wie nie», het er zueggä, «wir dürfen uns trotzdem nicht aus den Augen verlieren, es wäre schade.»

Es isch scho zimlech spät gsi u plötzlech chaut worde, wo si übere Schlick zum Boot zrügggange sy. Si het gfrore, un es paarmau het e Chräbs im Wasser nach irne blutte Zääie gschnappet, u si isch mit jedem Schritt truuriger worde u hets nid weue zeige.

Bis der aueriletscht Tourischt wider im Boot isch gsi, ischs viu z lang ggange, e gueti haub Stund. Si hets fasch nid ertreit, so lang z warte u der Holger nume no am Ufer gseh z stah. Vier Stund i drei Tag hei si sech gseh, das isch aus gsi. Ds Härz het ere weh ta, nid zletscht wiu di Gschicht scho z Änd ggangen isch, bevor si richtig aagfange het.

Ändleche isch ds Schiff losgfahre. Der Kapitän Hellmann, wo gmerkt het, dass si d Träne zvorderscht het gha, het weue wüsse:

«Wie lange muss er denn dort als Vogelwart noch bleiben?»

«Noch fünf Wochen.»

«Und Sie können nicht bei ihm bleiben?»

«Nein, meine Ferien sind abgelaufen. Morgen muss ich zurückreisen.»

Si het dä eifach Maa möge, wo im Früelig u Herbscht uf Krabbefang geit u im Summer d Lüt zu de Seehünd use füert. Er het se mit sym Gsicht, wo vom Dussesy vou Fäutli isch gsi, a Bärgfüerer im Bärner Oberland gmahnet. Ds Läbe uf der Insle isch nid eifach, u ds Klima ruuch. Mängisch isch ds Meer im Winter ganz zuegfrore wi i der Arktis. E Helikopter bringt de aube d Poscht, u Pellworm isch wuchelang vom Feschtland abgschnitte.

Si het no lang zrügggluegt. Der Holger isch geng chlyner worde. Zletscht het me nume no e Strich gseh, u o dä isch nach emene Chehrli ganz verschwunde.

Am Tag druuf het si müesse packe u em Uthland, wi me der nordfriesische Insuwäut o seit, Adiö säge. Uf der einte Syte vo der Insle isch der Himu scho klar gsi, uf der andere hei sech di letschte dunkle Wulke langsam ufglöst. De Wolken trecken öwert Land, heissts im Pellwormer Lied.

Vor em Zmorge isch si no einisch zu de Schaf ufe Deich gstige. Uf de Fenne zwüsche de Pütte hei Chüe gweidet, u ne Hund het gweisselet. «Kiwitt, kiwitt», hei d Kiebitze im Waldhusenertief grüeft. Si het a ds aute Walthusum, wos hie einisch ggä het, ddänkt. Denn het d Insle no zum Feschtland ghört. Ersch 1483 i der Ceciliefluet het ds Meer ds Waldhusenertief ygrisse. Si het scho guet Bscheid gwüsst über d Gschicht vo Pellworm, isch mängisch gnue dür di dryzäh Kög gfahre u het vor em Deich bim Bupheverkoog im Watt Spure vo Rungholt gsuecht, däm wichtigschte friesische Handelsplatz im Mittuauter, wo im Meer versunke syg. Der Kampf gäge ds Meer hört nie uuf, d Nordfriese sy dervo prägt.

Rächts ds Meer. Ebbe. Wattelandschaft. A de Prielränder hets starch nach em herbe Strandwärmuet gschmöckt. Wyt usse d Hallige Hooge u Langeness u no wyter usse Norderoog.

Holger, bisch scho wach? Dänksch a mii? I schrybe gly einisch. Der Kapitän Hellmann wird der my Brief bringe u schmunzle: «Ein Liebesbrief aus der Schwyz?»

Zwo Stund speter isch si mit der Fähre scho wyt usse im Wattemeer gsi. D Schiffskapälle het – leider nume uf Tonband – e sentimentale Schlager gspiut, u si het müesse ds Briegge verha. Wi lang wird d Insle no nes grüens Paradiis zmitts ir Nordsee blybe, unverdorbe, unberüert vom Massetourismus? Wi lang wirds gah, bis di erschte wüeschte Hotelchäschte bbout wärde? Oder passt me hie uuf u macht es Naturschutzzäntrum us Pellworm?

Bevor der Zug z Husum uf Hamburg wytergfahren isch, het si no e Stund Ufenthaut gha u isch no einisch ufe Deich ga hocke, mit em Hauke Haien us em «Schimmelreiter» vom Storm aus unsichtbare Begleiter, u het a Holger ddänkt, wo vilicht grad a syre Lizarbeit übere Deichbou wytergschribe het.

Im Troum isch si no lang geng wider mit blutte Füess über di wyti Flächi vo Norderoogsand gspaziert, het der schwarz, chaut Schlick gspürt u di blaue Härzmuschle im Watt ghört schnuufe.

Der Briefwächsu mit em Holger isch leider gly einisch versandet, u si hei sech nie meh gseh. Aber no Jahrzähnte speter het si Pellworm nid vergässe gha u gmerkt, dass me sech nid nume i Mönsche cha verliebe. O d Begägnig mit eren Insle un ere Landschaft cha zure Liebesgschicht wärde, wo nie ufhört. Ds Schämeli vom Herr Hansen het si drum bhaute wi nes Pfand, en Art es Liebespfand.

Venedig

Z Mailand sy Lüt ygstige, wo ds glyche Ziiu hei wi mir: E Hochzytsreis uf Venedig, das schynt nach wi vor begährt z sy. Mir sy zwar überhoupt nid i de Flitterwuche, mir wei nume zäme es paar Tag z Italie verbringe, my Fründ un ig, un i weis eigetlech nid, wiso mer usgrächnet uf Venedig cho sy. Gradsoguet hätte mer o chönne uf Floränz oder Rom verreise. Natürlech han i di berüemti Novälle «Tod in Venedig» vom Thomas Mann gläse u der Fium gseh, wo me drus gmacht het, u em Vivaldi syner Jahreszyte ghören i o gärn. Aber i ha nie dervo tröimt, einisch inere Gondle uf em Canal Grande z fahre.

Es isch grad Aabe worde, wo mer z Venedig aacho sy. Jitz fahre mer mit emene Vaporetto übere berüemt Canal Grande. D Lampe u d Murano-Glaslüüchter i de Palazzi het me scho aazündet. D Stadt het öppis Unwürklechs, Gheimnisvous. Mi wird zrüggversetzt i ne Wäut ohni Outo, un i ha ds Gfüeu, imene Troum z sy u nümm druus z erwache.

Im Zug hets es Paar gha uf eren Europareis oder Hochzytsreis, wo het probiert, mit is aazbändle. Er het wyssi Haar gha, en unpflegte Bart, es verläbts Gsicht u Händ, wo mi abgstosse hei, un er het Dütsch chönne. Sy Frou, e jungi Amerikanere, isch schetzigswys dryssg Jahr jünger gsi aus är, mit breite Hüft un eme Chopf vou Locke. Si het z ängi Jeans treit u ne ganz verrumpfeti, nümm ganz suberi wyssi Bluse. Si hei beidi di glyche Ringe treit, protzigi, breiti, wo no wi nöi gglänzt hei, si hei auso ersch vor churzem Hochzyt gha. Irgendwie hei si mi irritiert. Wiso het si ne ghürate? Wäg em Gäut? Z Venedig am Bahnhof hei mer is us em Stoub gmacht, mir hätte nid weue, dass si öppe no im glyche Hotel abgstige wäre.

Es isch Ändi Septämber u no Saison, es het massehaft Tourischte, u d Hotel sy zum Teil usbbuechet. Mir hei es Zimmer gfunde, ömu für ei Nacht, es isch z tüür, morn wei mer wider uf d Suechi gah, sy heimatlos. Ir Stadt ei Rummu. Liebespärli, Gruppereisendi, viu Amerikaner, wo kes Wort Italiänisch chöi u zum beschten Ässe Coca-Cola bsteue. Uf der Piazza del Duomo hets Tube, Turtutübli u nümm ganz jungi Salonmusiker, e Klarinettischt, eine, wo Handorgele spiut, u ne Stehgyger. O ne Bassischt ghört derzue, wo mit emene Bekannte no yfrig diskutiert. Ersch am nüüni fö si aa spile, au di bekannte u geng no beliebte nostalgische Salonstück u Schlager us de Zwänzger- u Dryssgerjahr. *Dolce e bella. Cantando sotto la pioggia. Amore infinito. Serenata sentimentale.* Mi sitzt a de Tischli, trinkt öppis, lost u redt nid viu, un es dünkt mi, jitz müesste de grad der Wagner u der Liszt persönlech mit irne elegante Begleiterinne uftouche. Het sech de hie nüüt veränderet i de letschte hundert oder sogar zwöi- oder drühundert Jahr?

D Atmosphäre würkt fasch echly uheimelig. E Stadt, wo d Liebi u der Tod so äng bynenand sy. I bi froh, nid eleini z sy, es wär nid uszhaute, i würd melancholisch u vor emene Täuer Spaghetti i Träne usbräche.

Plötzlech sy au di ufdringleche, lute Tourischte verschwunde. D Chäuner stöh desume u hei nüüt meh z tüe. Blaui Aabestimmig uf em Platz. Ds Guld am San-Marco-Dom glänzt, gheimnisvoui Schatte biude sech, u Matrose i wysse Uniforme spaziere stouz verby. Näb üs sitzt es mittuauterlechs Liebespaar, vermuetlech us em Oschte, Russe oder Pole. Er isch gross u breit, gseht uus wi ne Buur, u sii, e schlanki, fyni Frou, schynt fasch zerbrächlech näb em. Er nimmt iri Hand u laat se nümm los, u si hei beidi e glücklechen Usdruck uf de Gsichter. Späts Glück. Es rüert mi.

Speter e venezianischi Nacht, aber i cha nid schlafe, bi übermüedet u ghöre duurend d Gondle verbyfahre oder der Lärme vo Motorboot, ds Gschrei vo Gondolieri. I gseh se vor mer, aui glych i irne schwarze Hose, gstreifte T-Shirts u Hüet, mit de schwarze Gondle, wo mit Teppiche u Pouschterstüeu usstaffiert u mit Plastigrose am Bug gschmückt sy. Di glyche wärde für Hochzyte u für Beärdigunge uf der Fridhofsinsle San Michele bbruucht.

Ds Wasser plätscheret a d Muure vo de Palazzi, mi meint duurend, es rägni, aber we me a ds Fänschter geit, gseht me nume Wasser, Liecht u Schatte u fyschteri Kanäu... So geit das wyter, ei Stund um di anderi, bis me ändleche doch yschlaft u am Morge früe wider gweckt wird vo de glyche ungwohnte Grüüsch.

Am nächschte Tag spaziere mer desume, luege u stuune u göh öppis ga trinke u ga ässe u sy am Aabe todmüed vo au dene Ydrück. I ha gmeint, mir heige de Glägeheit zum

Mitenandrede, aber mir chöme nie uf ds eigetleche Thema, un es het sowiso ke Sinn. I weis es u wott nüüt erzwinge, ne uf ke Fau under Druck setze, eifach di paar Tage zämen erläbe. Meh ligt nid drin. I probiere, innerlech aus z fiume, für nüüt z vergässe. Zärtlechi u heftigi Momänte. D Zyt vergeit viu z schnäu, i sammle jedi Minute, wett se i d Lengi zie. U jedi einzelni geit z schnäu verby u chunt nie meh zrügg, un es tuet mer weh, o wen i mer ybiude, es machi mer nüüt uus, i chönn mi dra gwöhne... d Fründin vomene verhüratete Maa z sy! Vilicht bruuchen i das, ömu jitz grad: e settigi Liebi ohni Zuekunft, wo meischtens us Sehnsucht besteit, us Warte, us luter Ufregige u Illusione u der Hoffnig, er chönnt sech de einisch entscheide. Für sii – für mii? I mues da derdür, sägen i mer, es isch en Erfahrig, won i wott mache, freiwiuig, niemer het mi derzue zwunge.

O ir zwöite Nacht blyben i lang wach, u aus isch plötzlech so frömd i dere Stadt, wo nume no Gschicht isch. E Legände, wo überläbt het? U der André, won i doch scho so lang kenne, wo ganz naach näb mer ligt u vorhär no grad zärtlech zue mer isch gsi, chunt mer vor wi ne Frömde. Er schlaft, u vo syne Tröim weis i nüüt.

Speter, irgendeinisch gäge Morge zue, gits es heftigs Gwitter. I mym Troum erläben i es Gwitter wi früecher aus Chind, erwache u merke, dass es Würklechkeit isch. E Blitz schlat ir Neechi y, ds Echo i de änge Gässli tönt uheimelig, nächär schüttets wi us Chüble. Der André erwachet nid. I ha chaut, hole e Wuledechi us em Schaft u decken is zue.

Am dritte Tag fahre mer no einisch mit em Vaporetto übere Canal Grande, d Tourischte sy o hütt yfrig am Fotografiere u Fiume, d Süüfzgerbrügg, d Palazzi... Aus isch füecht i dere Lagunestadt, d Zytig, d Zündhöuzli... Unerträglech. U undereinisch han i gnue vo auem u gseh aus mit andernen Ouge. I merke dütlech, wi ds Wasser sech langsam i d Fundamänt vo den aute Muure frisst, wi d Stadt uf unsicherem Bode steit, schwanket, langsam z Grund geit. Aus isch vergänglech, un i gseh u gspüres hie so dütlech wi no nie vorhär.

Zwänzg Etappe

Prolog: 6 km
Geschter isch der Daniel gstartet. Mir isch das totau frömd, es settigs Velorenne. Wahnsinn.

1. Etappe: 202,5 km
Heimlech bin i o derby – natürlech nume am Fernseh. Ömu so lang, wi der Daniel im Renne blybt. Mir hei nämlech vor syren Abreis e Megakrach gha, u wie! I ha ne vor d Wahl gsteut: Entweder du entscheidisch di für mii – oder für d Tour de France!

Syt er zwöufi isch, wott er Radprofi wärde u het nüüt anders im Chopf. Er het ke Zyt für mii, für gar nüüt ussert em Radsport. Zersch het er by der Tour de Romandie mitgmacht, nächär isch d Tour de Suisse cho... Eis Renne nach em andere. Das isch leider so, syt mer is uf ere Geburtstagsparty hei glehrt kenne, letschte Herbscht. Zersch bin i stouz druf gsi, e sportleche Fründ z ha, wo so hert trainiert, i has cool gfunde. Er het o für d Tour de France numen eis Ziiu: mitmache u bis zur letschten Etappe dürehaute. Tröimt er dervo, einisch uf em Siigerpodium z stah? Er chunt zwar aube ganz kaputt vom Velofahre zrügg, aber mit emene Lüüchte i den Ouge, won er süsch nid het.

Geschter hei si am Fernseh sy Start nid zeigt. Das isch ds Letschte! Derby isch er nächär 133. worde, gar nid schlächt für nen Aafänger, i hätt em das nid zuetrout. Hütt müesse si 200 Kilometer fahre bis Charleroi – unverantwortlech bi däm Räge! We so mänge Fahrer uf ds Mau aachunt, isch d Gfahr vo Stürz gross. I überchume schweisigi Händ vom Zueluege. Wen er nume nid umgheit!

2. Etappe: 197 km

Der Daniel fahrt für nes italiänisches Team. Er het im letschte Momänt e Vertrag für zwöi Jahr übercho u treit es Lybli mit em Nummero 176. Het er ächt e Chance under luter Profifahrer? Äuwä chuum. Wen i gseh, wi verbisse der Armstrong u der Ullrich kämpfe, glouben i nid, dass sech der Dani cha düresetze. Si fahre so schnäu, dass si d Landschaft gar nümm gseh. Schnuergradi, flachi Strasse u aunenorte Zueschouer, wo brüele, ne zuejuble u mit Fähndli winke. Der Massespurt het geschter der Kirsipuu gwunne, hütt der McEwen. Immerhin isch der Daniel uf Platz 56 füregrütscht.

I ha mer gschwore, mym Fründ während der Tour kes einzigs SMS z schicke u nem o nid z telefoniere. Das würd ne nume ablänke. Was macht er am Aabe? Ligt er mit Muskukater u müede Bei im Hotelzimmer u wird massiert? Dänkt er ächt es bitzeli a mii? Wahrschynlech het er mi vergässe i däm Mannezirkus u Medierummu. Er laat sech zwar süsch nid vo grosse Näme la beydrucke u isch nid verwöhnt. Genau das gfaut mer a nem. Aber wiso dass er so aagfrässen isch vom Velosport, isch mer nach wi vor es Rätsu. Er het sech nie d Müei gno, das z erkläre. Auerdings han is gar nid weue wüsse, es het mi nid bsunders interessiert. Syt geschter lisen i sogar d Sportsyte i de Zytige u sueche ... sy Name.

3. Etappe: 210 km

Hütt sys 210 Kilometer vo Waterloo – het dört nid der Napoleon einisch e Schlacht verlore? – bis uf Wasquehal. Wen i mer vorsteue, was aus uf der Strecki mit Strasse us Bsetzisteine u däm blödsinnige Tämpo chönnt passiere! Sogar der Armstrong het gwarnet, es syg gfährlech.

Mit mym aute Göppu schlychen i meh dür d Gäget aus dass i fahre. Der Daniel het mer zwar scho lengschte es «richtigs» Velo weue ufschwätze, schliesslech isch er aus Velomech vom Fach, aber i bi stur bblibe u ha kes weue.

Übrigens wird i de Medie nume geng vo de Leader gredt, vom klevere Armstrong, vom tüechtige Ullrich, vom Hamilton u anderne. E richtige Favoritekult. Isch das en abgcharteti Sach? Di tröie Teamkollege vo de Stars spile Diener oder Sklave, unterstütze iri Chefs, hole ne Wasser u Proviant, opfere sech uuf für se. Sy die, wo gwinne, würklech so viu besser aus di «gwöhnleche» Fahrer? Es schynt uf lächerlechi Sekundebruchteile aazcho wi im Schysport. Oder gwinnt dä, wo d Frächheit het, sech im Ziiuspurt fürezdränge? Hütt het der Nazon eine vo de härzige gäube Löie übercho. I möcht, der Daniel würd mer e settige heibringe. Der Cancellara, Daniels Bärner Kolleg, het ds *Maillot jaune* vorgeschter wi ne Heud treit u bi der Siigerehrig Träne i den Ouge gha. Wi hautets däm sy Fründin mit emene Radprofi uus?

4. Etappe: 64,5 km

Mannschaftszytfahren im Räge. Houptsach, si chöme aui düre. Wi d Zyte gmässe wärde, isch mer nid klar. Überhoupt verstan i viu nid, o nid der Jargon im Radsport: Nachfüerarbeit, Peloton, Königsetappe... Warum fahre einzelni Teams hütt äxtra langsam? E Kollegin het bhouptet, d Tour de France z luege syg ds Längwyligschte, wo me sech chönn vorsteue. I ha mi gwehrt, mir nimmts nämlech plötzlech der Ermu yne. – Hütt hei d US Postals gwunne. Vom italiänische Team redt niemer.

5. Etappe: 200,5 km

Der Daniel wird z Chartres übernachte, un er het sicher ke Zyt, d Kathedrale ga z luege. Am Fernseh het me viu meh vo de Stedt u de Landschafte aus d Fahrer säuber. Kes Wunder by däm Tämpo, wo si müesse dürehaute. Geschter im Mannschaftszytfahre han i der Daniel zum erschte Mau gseh verbystrample, mit emene ungloublech konzentrierte Gsichtsusdruck. Zum Glück han i sys Nummero uf em rote Trikot chönne läse, süsch hätt i ne chuum kennt. Mit em Marsmönsch-Heum gseh aui glych uus, u o di muskulöse Bei vo de Sprinter sy nid z unterscheide. Di sy totau sexy.

Hei ächt d US Postals wäge de Spezialaazüg gwunne? Der Armstrong het betont, nüüt wärdi em Zuefau überlaa. Der Daniel het scho vor Monate vo Trainingsplanig, Methodik, Leischtigs- u Belaschtigsufbou, richtiger Ernährig u Regeneration gredt. Leider han is denn verpasst, würklech Aateil z näh. Wen er so verbisse wyterkämpft, wird er sicher dürehaute bis Paris. E Viertu vom Giro het er ömu scho überstande. Hütt isch er trotz Gägewind aus 83. i ds Ziiu gfahre.

6. Etappe: 196 km

Du my liebe Schatz

Wi geits der? Du bisch bis jitz mit aune Schwirigkeite fertig worde u wirsch sicher nie chlage, d Hotelbett syge z weich oder ds Ässe schlächt z Frankrych, das isch nid dy Stil. Houptsach, du bisch derby, stimmts? I wett so gärn jede Tag mit der telefoniere – so wi d Stefanie, d Fründin vom Fabian Cancellara, das macht. Zmingscht es paar ufmunterndi SMS möcht i der schicke, aber i ha mer aus säuber verdorbe dür my blödi Yversucht uf d Tour de France mit auem Drum u Dra. I schäme mi hütt wäge myre chindische Reaktion u lyde säuber am meischte drunder. Bisch ächt geng no toube? Es tuet mer ja Leid.

Jitz isch mer nämlech es Liecht ufggange: Der Radrennsport isch viu meh aus nume ne Bruef u laat di bis i dyni Tröim yne nümm los – ömu i de nächschte zwo-e-haub Wuche nid. Vorlöifig bruuchsch ömu kener Velo meh z flicke, ussert du möchtisch säuber zum Rächte luege, we du de Techniker i dym Team nid trousch. Hütt bisch unterwägs i der Bretagne, wos viu Wind het, Richtig Angers, a Schlösser verby. Hoffetlech ercheutisch di nid. I dänke geng a dii, Daniel, i vermisse di, chumm gly zrügg!

Kathrin

P.S. No ne blödi Frag: Wenn u wo geisch eigetlech unterwägs ga bysle?

(Dä Brief schicken i besser nid ab!)

7. Etappe

Schürfige, Prellige, kaputti Velo. Geng meh Fahrer hei Verbänd a de Bei, a den Arme, im Gsicht. D Tour geit ender vo Sturz zu Sturz aus vo Ort zu Ort. I ha o grad mitübercho, wi der Sven Montgomery e fürchterleche Sturz gmacht het. Er het es nöis Velo übercho u probiert, trotz de Schmärze wyterzfahre, ömu es paar Meter wyt. Nächär het er müessen ufgä. Er het der Chopf la hange u am Strasserand druf gwartet, vomene Serviceouto abghout z wärde, un i gloube, er het vor Enttüüschig ggrännet. Aus vergäbe. Er mues ds Ggöferli packe u heireise u wird monatelang nümm chönne fahre. Was macht e Radprofi, wen er verletzt isch u nid cha trainiere? Es wär di vierti Tour de France füre Montgomery gsi. Het ächt der Daniel gmerkt, dass sy Schwyzer Kolleg usgschiden isch? Es wird ne möge, er chunt guet uus mit em Sven, u sicher hei si auben am Ziiu Erfahrigen ustuuschet u sech gägesytig motiviert. Jitz han i no meh Angscht ume Daniel. Er hiuft den andere im Team, tröi u zueverlässig, mit sym usgglichnige, ufgsteute Wäse wird er sicher gschetzt. Het er e Kolleg oder gar e Fründ gfunde im Saeco-Team oder chunt er sech aus Ussesyter vor? Er isch jitz im Mittufäud, uf Platz 118 im Gsamtklassemänt. Bravo! Für mii isch er jedes Mau e Heud, wen er ohni Verletzig am Ziiu aachunt.

8. Etappe

Wiso lisen i ds Interessante geng ersch e Tag hingedry? Der Montgomery het nid chönne heireise – er ligt mit emene Schlüssubeibruch im Spitau. Di andere Schwyzer hei bis jitz keni Unfäu gha. Der Daniel wird nid unsicher i hektische Situatione, er laat sech nid vo däm Rummu la beyflusse, er blybt d Rue säuber.

Uf der Homepage vo der Saeco-Mannschaft han i es Föteli vo nem entdeckt u ha lut müesse uselache über di cooli Frisur vom Dani! D Haar treit er höch ufegstylet wi ne Punk. Numen ig weis, dass ne Modeströmige nid interessiere. Er isch eifach z fuul, sech am Morge lang z strähle. Er nimmt e Hampfele Gel, rybt sech das schmierige Züüg i d Haar u mahnet mi mängisch a di wiude Kärline im Biuderbuech vom Sendak. I wett em schnäu d Haar wuschle u ne umarme.

Geschter bin i amene Openair gsi, ohni männlechi Begleitig, ha numen einisch gfrore u Längizyti übercho nach em Dani. Wiso laat er mi so lang eleini!

9. Etappe

Der ganz Tag han i mi geschter gfragt, öb i nid doch em Daniel söu aalütte! I ha ne du glych nid weue störe a sym freie Tag, won er sicher einisch wott usschlafe. I weis nid, öb er sech würd fröie?

Hütt geits richtig bärguuf. Angscht het er chuum, nid so wi der Montgomery, wo wider deheim z Kehrsatz ytroffen isch u sech mues erhole vo syne Verletzige, sicher o vo de psychische.

Es git e sogenannt sportleche Wettbewärb, wo nume für di ganz Verruckten isch: d Tour d'Afrique, über elftuusig Kilometer, vo Kairo bis zum Kap vo der guete Hoffnig. Vier Mönet i der mörderische Hitz, dür Sand, Steppe,

Dschungu, tropische Räge, e megaverruckti Useforderig. E 38-järige Journalischt isch Dritte worde. Das wär ja scho e beachtlechi Leischtig, aber aus Gieu het er beidi Unterschänku müesse la amputiere, treit auso Prothese u fahrt mit, für de Behinderte i der Dritte Wäut, meischtens Minegschädigte, z häufe. Für jede Kilometer, won er fahrt, het me e bestimmte Betrag chönne überwyse für di schwyzerische Stiftig, wo sech für ds Wägruume vo Mine ysetzt.

10. Etappe: 237 Kilometer
Quatorze juillet, der französisch Nationaufyrtig. Es Fescht mit Blasmusig, Rede, Fahne, Umzüg, *vin d'honneur*. Nächschti Wuche hätt i mit em Daniel zäme weue Ferie mache. Mir hei a ds Meer weue reise, ga Sunne uftanke. U jitz hocken i jede Namittag eleini vor em TV-Chaschte u luege, öb nid einisch e Fahrer mit emene rote Trikot uftoucht: nei, nid ds 171. Da, ds Nummero 176, das isch ne, nume ganz churz, Wadli u ne Rügge!

Vo hütt aa geits über Päss, mit Bärgpryse, un i gseh nume no wyssi, grüeni, rot-wyssi, blaui, orangi Lybli u ke Spur vo de Saeco-Fahrer. Am Fernseh wärde geng nume di Erschte zeigt, u ganz säute stöh o di ewig Letschte, zum Byspiiu der Raymond Poulidor, der «Poupou», im Mittupunkt. Dä isch scho 68-järig u wird z Frankrych geng no gfyret wi ne Heud. Di ganz normale Fahrer i der Mitti, wo weder i Doping- no i anderi Skandäu verwicklet sy u o kener spektakuläre Stürz mache, hei di undankbarschti Roue u wärde vo de Medie gschnitte. Usgrächnet der Daniel isch haut eine vo de «Stiue vo der Tour». Söu i froh sy, dass er jede Tag syni zwöihundert Kilometer abstramplet, Erfahrige sammlet u gsund u munter wider wird heicho – oder enttüüscht, dass er sech nume füre Leader im Saeco-Team ysetzt u aus macht, dass der Simoni im Gsamtklassemänt guet dasteit? Wen i der Daniel jitz am Handy hätt, würd i ihm säge: Nimm doch nid geng Rücksicht, fahr mau voruus, dass i di ändlechen einisch gseh. Süsch mues i nächschtens säuber uf Frankrych reise u am Ziiu warte u der Daniel totau überrasche. Dä gloubt sicher nid, dass i so öppis würd mache für ne.

11. Etappe: 164 km

Sensationell, wi der Dani das gmacht het! Näb em Cancellara i ds Ziiu gfahren isch er (das het me leider nid gseh) u im Gsamtklassemänt stygt er jede Tag mehreri Räng ufe. Wiso han i je Zwyfu gha, öb ers würd schaffe? I cha nümm lenger schwyge u warte, er mues z Figeac ändleche wüsse, dass i a ne dänke. Auso, es SMS ytippe:

Dani-Schatz, verzeih mir! Verstehe jetzt deine Leidenschaft für Radsport. Sitze vor TV. Drücke Daumen. Täglich. Grossartig, dein Vorwärtspreschen! Wünsche Kraft und Glück. I vermisse di. Heissi Küss. Dyni Kathrin.

I weis zwar nid, win er wird reagiere, aber mir geits besser, i cha mitfiebere, a ne dänke u hoffe, er mäudi sech gly. Das Uf u Ab vo dene Bärgetappene, das Lyde! I bi stouz ufe Daniel u gseh Rot, Rot, Rot. Im Usverchouf han i mer es Paar roti Summerhose gchouft (us Solidarität), i bi der gröscht Fan vom Dani worde.

12. Etappe

Es isch mörderisch heiss, un i ha schlächt gschlafe i däm komische Hotel u gspüre d Hitz vo geschter no i de Chnöche. Hütt gits es Gwitter, wyt vorne chunt e schwarzi Wand uf is zue. Himu u Höll unterwägs i de Bärge, wo mer z höch sy, i bi doch ke Bärner Oberländer. No nünefüfzg Kilometer, u myni Bei sy jitz scho schwär wi Blei. I mues dä Col d'Aspin schaffe. Vor mir nüüt aus verschwitzti Lybli, Wade, Heume u am Strasserand Zueschouer wi Schatte, wo me nid los wird. Wo isch der Gilberto? I ha ne verlore, gseh nume geng ds Nummero 178 vor mer, dä Russ fahrt wi der Tüüfu.

Syt geschter geits mer moralisch besser. Es unerwartets SMS vo myre Fründin! Si het ire Widerstand ufggä u unterstützt mi, das würkt sech positiver uus uf my Leischtig aus jedes Doping-Wundermitteli (won i sowiso nid nime!). Der Armstrong mit syre Sheryl Crow! D Kathrin isch hübscher u nid so ybbiudet wi di Chue. Dä Schyssräge! Es brönnt wi Negu uf der Hut. U wo isch my Rägejagge? Wyt u breit kes Saeco-Outo. I bruuche o Sauz, süsch überchumen i wider e Chrampf ir lingge Wade, das tuet höllisch weh.

13. Etappe: 205,5 km

Wuchenänd by Fründe uf em Land. Zersch han i stundelang TV gluegt. Nächär het es Velo häre müesse, un i bi gstartet wi ne Verruckti, i ds Nachberdorf u zrügg. Einsami, flachi Gäget mit Mais-, Weize- u Sunnebluemefäuder. Uf ds Mau isch us jedere Sunneblueme e gröhlende Mönsch inere gäube Rägepellerine worde. Grille hei zirpet, Vögu pfiffe, Schmätterlinge hei mi begleitet. Mängisch han i churz zrüggluegt – u scho sy d US Postals samt em Armstrong cho z fahre, un i bi pedalet, wi wen i der Col de la Core u der Col d'Agnes glychzytig müesst bezwinge.

D Lüt am Strasserand hei gmöögget, won i mit letschter Chraft obe bi aacho. Mys Härz het wi wiud gchlopfet, der Schweis isch mir uf d Länkstange tropfet, d Haar under em Heum sy nass gsi...

«Ischs dir nid guet?», het d Silvia gfragt, won i mit zittrige Bei u rotem Chopf vom Velo bi gstige u Wasser verlangt ha. I heig nume probiert, em Daniel u syre Equipe nachezfahre, han i gseit, u syg über mii usegwachse.

«Spinnsch?»

«Scho müglech, aber i ha müessen erläbe, wis isch, we der Daniel aus git u am Ziiu aachunt u der Armstrong sech dört mit emene lockere Lächle scho wider laat la fyre, wi we di letschte 205 Kilometer es Chinderspiiu wäre gsi.

14. Etappe: 192,5 km
«Kathrin!»

«Bisch du's? Dani?»

«Ja. I ha der scho lang weue telefoniere, aber i bi jeden Aabe kaputt.»

«Schlimm?»

«Vor auem di drei Bärgetappene hei mi fasch umbbracht. I has chuum meh gschafft, bi jedesmau zwänzg Räng zrüggheit. Mängisch chönnt i nume no chotze. Es isch mörderisch.»

«Gib nid uuf! I glouben a dii.»

«Das chan i bruuche. Merci für dys SMS. I bi froh, dass d mi chaisch verstah.»

«Du hesch ke grössere Fan aus mii. I zittere mit u findes totau cool, dass d derby bisch.»

«Wen i di Tour nid dürehaute, hören i ganz uuf mit em Velosport.»

«Geits de no! Du wirsch z Paris aacho, i bi ganz sicher. Du bisch starch, Dani, du hesch no gnue Resärve i der. Du muesch nume weue.»

«Jitz redsch grad wi my Vatter.»

«Ds Schlimmschte hesch hinder der u morn hesch e freie Tag zum Löie.»

«Mängisch bin i totau muetlos u vo mir säuber enttüüscht. Gäge Type wi dä Armstrong hesch eifach ke Chance.»

«Blyb wi d bisch. I bewundere di.»

«Ach, was!»

«Mou. U... i ha di gärn.»

«I di oo, Kathrin. Salü!»

15. Etappe: 180,5 km

Schad, dass der Daniel nid für Brioches La Boulangère fahrt. Mir gfaut dä Name, i ha gärn Brioches. Zersch hets gheisse, di Mannschaft wärd iri letschti Tour fahre, ds Gäut fähli. U jitz bachet der Thomas Voeckler, dä, wo me nem le petit bonhomme seit, jede Tag flyssig nöji Brötli, verteidiget sys *Maillot jaune* u stygt am Aabe uf ds Siigerpodescht. Ganz Frankrych chunt us em Hüsli use, un i mues zuegä, der Voeckler isch sympathisch. Wi dä unterwägs lachet u de Kollege uf d Schultere chlopfet! Aber hütt mues er ds gäube Trikot leider abgä.

Settigi jungi Fahrer wärde hoffetlech gly einisch e Gfahr für en Armstrong. Wyt vorne e rote Fahrer: Nr. 179, der Marius Sabaliauskas. O der Daniel kämpft sech tapfer über d Aupe nach vorne. Das isch sofort es SMS wärt!

16. Etappe: 15,5 km (Einzubärgzytfahre)
Bärgzytfahre Alpe d'Huez. Der Armstrong, dä Unersättlech, gwinnt scho wider. I ma nem's nid gönne!

17. Etappe: 204,5 km
Geschter, won i myni füfhundert Meter gschwumme bi, het näbedra der Schwümmclub trainiert, un es isch mer vorcho, wi wen i nume no würd schnaagge, vergliche mit dene delphinschnäue Profis. Füre Daniel mues es ähnlech sy. Er chunt nid über ds Mittumass use u müeit sech jede Tag ab. Was für nes Läbe: pedale, diene, schwitze, trinke, lyde, sech la massiere, diskutiere, ässe, erschöpft i ds Bett sinke. Es Privatläbe gits für ne (für üs!) nümm. Hunderttuusigi vo Radsportfans, wo de grosse u chlyne Heude zuejuble u se fasch verdrücke. Isch das wi der Applous uf ere Büni? Wird me süchtig dervo?

I ha geschter der Daniel am Radio ghört, oh Wunder! Er het zfride tönt. Hütt isch er unterwägs übere Col de la Madeleine u vier anderi Päss, un i bätte, dass er dä Tag übersteit. Dänkt er ächt a mii, wi wes e (nid z stotzige) Col de Catherine gäbti?

18. Etappe: 166,5 km

Was die z rede hei unterwägs! Der Ullrich mit em Armstrong, der Cancellara mit em... Das zeigt doch wider einisch dütlech: nid mir Froue sy die, wo geng schwätze!

Über was rede si de? Über Fairness oder Ehrgyz? Em *Maillot-jaune*-Treger würd i d Levite läse oder ne eifach nid beachte.

Füeterig vo de Roub-, pardon, de Radfahrer. Müesli-Energierigle u Getränk u luschtigs Jongliere vo Poschttäschli. Das vom Armstrong würd i, we mers öpper würd zueschiesse, grad entsorge, ja verbrönne.

I luege wider mau stundelang Fernseh u sueche ds Nummero 176 u bi froh, dass der Dani e guete Charakter het. Di liechti Strecki bis Lons-le-Saulnier schafft er problemlos. I bueche jitz es TGV-Ticket uf Paris samt emene Hotelzimmer!

19. Etappe: 55 km

Nume no nes Zytfahre, u nächär wirden i über d Champs-Elysées pedale. D Tour isch gschafft – e Troum wird wahr. Wuchelang ds grosse Stuune: übere Medierummu, d Zahl vo de gfahrnige Kilometer u de Fans. Jede Morge e nöji Challenge, schwirig u faszinierend. I bi froh, dass i zum Saeco-Team ghöre. Derby sy isch aus!

20. Etappe: 163 km

Was für ne Mönschemasse uf de Champs-Elysées! I bi live derby u ha Härzchlopfe u weichi Chnöi. I mues mer e guete Platz sueche. I ha em Dani es SMS gschickt, süsch verpasse mer is no. Er hätt doch nie ddänkt, dass i äxtra wägen ihm uf Paris würd cho.

Der Daniel am Ziiu! Für mii het är d Tour gwunne, nid der Armstrong! Er wird mi sicher finde: Roti Hose, es rots T-Shirt u roti Schue bewyse, dass i ne Saeco-Fan bi. Un i ha nem e chlyne Plüschbär mitbbracht – nid nume Löie sy starch. Mir wärde zäme fyre u speter wird er echly i nes Loch gheie. Aber i bi ja da u wahnsinnig stouz uf ne. Er mues mer haargenau verzeue, was er uf der Tour aus erläbt het. U mir bruuche dringend... es Tandem, dass mer zäme chöi ga Velo fahre!

Poschtcharte

Bym Ruume vonere Wonig han i es Bygeli Poschtcharte grettet. Urauti Charte mit töif verschneite Landschafte, fasch aui us em Bärner Oberland, vo aafangs Zwänzger- bis Ändi Dryssgerjahr. Di meischte sy nid datiert, u der Stämpu uf de Briefmargge cha me fasch nümm läse. Der Chatzehubu am Hahnemoospass, ds Albrischthorn, der Allebach, der Schwandfäudspitz, e Glücksfahrt im Schnee... Aui adrässiert a di glychi Person, ir glyche Schrift. Schnäu es paar Wort gchriblet, im Telegrammstil, o d Aared isch hüüffig abgchürzt: M.L. statt *Mein Liebes*, es chönnt aber o heisse *Meine Luise*, u no härzlechi Grüess oder härzlechi Küss u ne schwungvoui Unterschrift. Mi gseht dütlech: Es het geng pressiert, u mängisch fragt der Absänder, öb si der Brief übercho heig; auso het er o «richtigi» Briefe gschickt, nid nume Churzbotschafte uf Poschtcharte. Telefoniert het me denn nume, we öppis ganz Wichtigs passiert isch. Di meischte Lüt hei no kes Telefon gha, das isch Luxus gsi.

Aus syg ir Ornig, steit uf dene Churzmitteilige, wo töne wi di hüttige SMS. Oder er heig guete Bscheid (vom Doktor?) oder vilicht längs no für ne Brief vor em Sunntig oder er danki für ds Päckli. Es anders Mau fragt er, öb si d Änderig vom Jackett-Chleid sofort heig la mache, de chönnts bis am 4. März fertig sy. Für was? Für nes Fescht, wo si beidi yglade sy gsi? *M.L. Vorläufig nur eine Karte, vielleicht langts zu einem Brief vor Sonntag. Alles in Ordnung. – Liebes! Ich habe noch vergessen, die Mütze zu verlangen. Willst Du mir die noch gelegentlich schicken? Innige Grüsse – M.L.*

Danke für l. Brief. Sende die Wäsche, damit es Platz gibt. Für heute nichts Neues. Herzl. Küsse. – U derzwüsche e Charte a Jüngscht: *Fröhliche Weihnachten wünscht Dir nebst herzl. Küssen Dein Ätti. Hoffentlich bringt Dir das Christkind, was Dich freut.*

I weis, wär au di Poschtcharte gschribe het u wiso. My Grosvatter het lang e Steu aus Concierge imene Hotel im Oberland gha, im noble «Regina» z Adubode. Mit dene Poschtcharte het er der Kontakt zu syre Frou u syne drü Chind probiert z bhaute, wo im Unterland gwohnt hei. D Saison isch sträng gsi, un er het nume säute hei chönne. Er isch e typisch «abwäsende Vatter» gsi, wo Wichtigs im Läbe vo syre Familie verpasst het, u sy Frou, wo geng echly chränklech isch gsi, het sech eleini um aus müesse kümmere. Er isch i sym Bruef ufggange u het chuum Zyt gha, viu a d Familie z dänke; d Luise het meh under dene länge Trennige glitten aus är.

Der Hans isch z Gsteigwiler uf d Wäut cho u dört ufgwachse. Sy Vatter isch Gmeindspresidänt gsi, het es Heimetli gha u im Summer i der Hotellerie gschaffet. Für ds letschte Schueujahr het me der ufgweckt Bueb i ds Wäutsche gschickt, uf La Chaux-de-Fonds, er het dört meh chönne lehre aus deheime. Nächär isch er wyterzoge, uf Südfrankrych, uf Ängland u Schottland, het Sprache glehrt u sech ir Hotellerie ufegschaffet.

O d Luise us Burglouene, di Jüngschti vo euf Chind, het nach der Schueu im Ussland müessen Arbeit sueche, zersch z Südfrankrych, nächär z Ängland.

Mi nimmt aa, si heige sech a der französische Riviera lehre kenne, der Hans u d Luise. Sy si ächt im glyche Hotel aagsteut gsi, der Hans a der Réception, d Luise im Service oder ir Lingerie? So wyt ewägg vo de Bärge, am Meer, hei si schnäu gmerkt, dass si us der glyche Gäget chöme, u hei sofort afa ir vertroute Mundart rede, u d Luise het zueggä, dass si Längizyti heig. Ischs ächt so öppis wi Liebi uf en erscht Blick gsi? We si beidi frei hei gha, sy si uf der Strandpromenade a der Côte d'Azur, z Cannes oder z Nizza, ga spaziere, Arm in Arm, u hei scho gly vonere gmeinsame Zuekunft tröimt. I cha mer das schöne Paar guet vorsteue. Si isch e fyni, schlanki Frou gsi, blond, mit blauen Ouge, un är e stattlechi Erschynig, e guete Chopf grösser aus sii. Der Hans het guet mit Lüt chönnen umgah, d Gescht hei ne gschetzt, u sii het glehrt diene, ohni ire Stouz z verliere.

Es hätt eigetlech no nid so pressiert mit Hürate, d Luise het no weue Gäut für d Usstüür verdiene u sech zersch einisch verlobe, aber wo im Früelig 1904 ire Vatter plötzlech gstorben isch u gly drufabe o d Mueter, isch si niene meh deheime gsi. Es isch gsi, wi we me re der Bode under de Füess ewäggzoge hätt, u si hets chuum meh usghaute z Südfrankrych u glych nid gwüsst, wo si chönnt häregah. Der Hans het gmerkt, wi schlächt es der Luise ggangen isch, un er het schnäu ghandlet. Jitz wärdi ghüratet, u zwar no dä Früelig, het er gseit, un är nähm de grad e Saison-Steu im Bärner Oberland aa. D Luise het em Gletscherpfarrer Gottfried Strasser gschribe, öb er se würd troue. Si isch sy Lieblingsschüelere gsi ir Unterwysig, un är het ere du sogar es längs Gedicht zur Hochzyt gmacht u di beide junge Lüt ir Chiuche z Grinduwaud am 28. Mai 1904 trouet.

Es isch e wirtschaftlech gueti Zyt gsi, u ds früsch verhüratete Paar het a d Zuekunft ggloubt u scho gly es Huus z Adubode zmitts im Dorf chönne choufe. Der Hans het aus Concierge im Hotel «Regina» e guete Poschte gha, u d Luise het es Textilgschäft ufgmacht u der Lade säubständig gfüert. Si sy glücklech gsi, hei beidi guet verdienet u im Sinn gha, speter es eigets Hotel ufztue. Zwöi Töchterli sy uf d Wäut cho – un es hätt so chönne wytergah, we nid im Summer 1914 wi ne Blitz us heiterhäuem Himu der Erscht Wäutchrieg usbbroche wär. Di Frömde im Dorf sy vo eim Tag zum andere abgreist, d Hotel plötzlech läär gstande, u ds Gschäft vor Luise isch nümm gloffe. Zersch het me denn no ggloubt, der Chrieg syg schnäu verby u di Dütsche bis zur Wienachte lengschte z Paris ymarschiert, aber d Schwyzer Gränze sy zuebblibe u d Tourischte nümm cho Ferie mache. 1915 het d Luise ds dritte Chind, e Suhn, uf d Wäut bbracht.

Der Chrieg isch ersch im Späthербscht 1918 z Änd ggange. Schwirigi Zyte sy cho, Arbeitslosigkeit u Hunger. I de Kurorte isch aus zämebbroche, u ds jungen Ehepaar isch vor em finanzieue Ruin gstande. D Luise het sech nie meh ganz vo däm Schicksausschlag erhout.

Im Unterland chönnt me vilicht no Arbeit finde, hets gheisse. Der Hans u d Luise heis gwagt, hei e günschtigi Wonig gfunde u züglet. Zersch het der Hans no e Steu imene Kurhuus z Dütschland, z Bad Kissingen, übercho, bis er o die verlore het, wiu er Ussländer isch gsi. Er het lengeri Zyt aus Hiufs-Brieftreger gschaffet, nächär isch er Packmeischter ir Fabrigg Hoffmann z Thun worde, bis er du speter wider i d Hotellerie het chönne zrügggah. Er het i der Saison im Summer u im Winter monatelang vo syr Familie, vo der Luise u de drü Chind, wo i d Schueu ggange sy, trennt müesse läbe, un es het au paar Tag grad nume für nes paar Zyle uf ere Poschtcharte glängt, für ds Wichtigschte z mäude. Di Trennige sy o ihm nid liecht gfaue, aber was het er anders weue, aus se z ertrage? Öpper het müesse Gäut verdiene, für d Familie dürezbringe.

Im Früelig 1930 isch d Luise schwär chrank worde. Nach emene länge Ufenthaut im Spitau het si du ändleche wider hei chönne; im Herbscht isch si a der perniziöse Anämie, ere Chrankheit, wo denn nid heilbar isch gsi, gstorbe. Hets em Hans ächt no glängt, rächtzytig hei z cho u sy Frou i Tod z begleite? Es isch e schwäre Schlag gsi für ne, sy Frou so früe müesse z verliere, un er het sech vermuetlech grossi Vorwürf gmacht, wiu er i de letschte Jahr so säute deheim het chönne sy.

D Liebi zwüsche de beide, die isch au di Jahr geng öppis Bsundrigs bblibe, vilicht grad, wiu si so mängisch trennt hei müesse läbe u wäge der Längizyti, wo beidi plaget het. Si hei sech über jede Tag gfröit, wo si hei chönne zäme sy. Das gspürt me no hütt, we me di Poschtcharte list: Liebi ir zärtlechen Aared, Liebi zwüsche de Zyle.

Ophelia

Der Zug isch aagfahre. Si het ne no grad knapp verwütscht, süsch hätt si über ne Stund müessen am Bahnhof warte a däm chaute Herbschtaabe. Nume wägg us dere Stadt, wo re ke Glück bbracht het! Es isch wider mau nüüt gsi, si het ds Engagement nid übercho. Ausser Spesen nichts gewesen! Es tüürs Bahnbillet, einisch übernachte, usswärts ässe, e Wuche Vorbereitig u zwe Monolög usswändig lehre – u jitz die Enttüüschig.

I ha mer dasmau z viu Hoffnige gmacht, i sötts wüsse, het si sech gseit, aber i ha mers so fescht gwünscht...

Si isch e Momänt im Gang gstande, het mit der rächte Hand über d Haar gstriche, es paarmau töif gschnuufet u ersch denn probiert, d Schiebetür vomenen Abteil ufztue. D Tür het hert gha, u öpper het ere vo inne ghulfe.

«Ist da noch ein Platz frei?», het si höflech gfragt.

Zwöi euteri Ehepaar hei re umständlech Platz gmacht. Eine vo de Manne het ere sogar d Reisetäsche abgno, u si het chönnen absitze. Iri Bei hei plötzlech so komisch zitteret. Si het d Ouge zueta u müesse ds Gränne verhaa.

Im Abteil isch es stiu gsi u dusse schnäu Nacht worde. Di beide Ehepaar hei ddöset, ds Rattere vom Zug u d Wermi het eim ygschläferet. Nach emene Chehr het si gmerkt, dass ja no e dritte, jüngere Maa grad näben ire gsässen isch. Er het gläse, u si het ne schnäu verstole chönnen aaluege. Er het e Brülle treit u schöni Händ gha. Nach emene Chehr het er ds Buech uf d Syte gleit u re ne flüchtige Blick zuegworfe.

Si het sech zrüggglähnet, u plötzlech – iri linggi Hand isch uf em Sitz gläge – het si öppis Warms gspürt, ganz liecht. Si isch deprimiert gsi, u vilicht het si sech d Wermi u der Troscht vonere Hand nume gwünscht u ybbiudet. Ire Nachber het ds Buech wider ufgschlage u wytergläse oder ömu so ta, wi wen er würd läse. Sy Hand isch neecher cho, syni Finger hei iri Finger berüert, ganz fyn, zärtlech. Si het d Ouge wider zueta u ds Gfüeu gnosse, gstrychlet z wärde, o wes d Hand vomene frömde Mönsch isch gsi. Das gits doch nid!, het si ddänkt, u's eifach la gscheh. Si hei kes Wort zunenand gseit, sech chuum aagluegt. Si het nid möge rede, nüüt weuen erkläre. Es het guet ta, echly mönschlechi Wermi z gspüre. Das het glängt u isch i däm Momänt grad ds einzig Richtige gsi.

Speter het sis gwagt, ne es paar Mau aazluege, ds Gsicht vomene Maa öppe Mitti dryssg, mit blauen Ouge u häubruunem Haar. Es Gsicht, wo re sympathisch isch gsi. O sii het gspürt, dass er se zwüschedüre gmuschteret u nümm wytergläse het, o we ds Buech offe uf syne Chnöi glägen isch.

Ds Wägeli mit Getränk u Sandwiches isch dusse verbygschobe worde, u si isch schnäu ufgstande, wi we si öppis wett ga choufe, u isch uf d Toilette am Ändi vom Wage ggange. Wo si zrüggcho isch, isch ire Nachber dussen im Gang am Fänschter gstande, wi wen er uf se gwartet hätt.

«Sind Sie Amerikaner?», isch ere usegrütscht.

«Nein, Däne», het er glachet. «Weshalb kommen Sie auf Amerikaner?»

«Ich weiss nicht, ich kenne Dänemark nicht, nur Hamlet, aber den sehr gut», het si mit emene Lächle gseit u ddänkt, we aui Manne z Dänemark so fynfüelig syge, de mües das ja es troumhafts Land für Froue sy.

Si sy wider i ds Abteil zrügggange. Iri Finger sy scho wider yschchaut gsi, un er het se i syni Händ gno u se gwermt, wi we das säubverständlech wär.

Oben im Gepäcktreger sy es Paar Schyschue gläge.

«Fahren Sie in die Skiferien?», het si gfragt, wiu das nid zum Biud passt het, wo si sech vomene dänische Prinz gmacht het.

«Nein, ich komme eben aus dem Skiurlaub zurück und muss geschäftlich etwas in Genf erledigen. Wohin reisen Sie?»

«Nach Bern zurück.»

Si het uf iri Armbanduhr gluegt u gseh, dass si inere guete Stund dört wärde aacho. D Zyt isch uf ds Mau viu z schnäu verbyggange, u d Enttüüschig wäg em Engagement am Theater z Kassel, wo si nid übercho het, erträglecher worde. Es wär sowiso nüüt gsi für mii, het si sech probiert yzrede. Vilicht klappts de ds nächschte Mau, u ds Läbe isch nach wi vor vou Überraschige, o schöne wi grad jitz.

Si hei sech no nach irne Vornäme erkundiget – er het Jans gheisse, sii Veronika, nid öppe Ophelia –, u meh hets nid bbruucht. Zwe Mönsche, wo sech no vor churzem frömd sy gsi, wo sech hie troffe hei u inere Stund wider wärde usenand gah.

«Es ist so unwirklich», het er einisch lysli gseit, fasch mit emene Stuune ir Stimm.

Si het glächlet u gschwige. Vilicht biuden i mer wider mau öppis y oder spile ne Roue oder tröime nume. I wett, dä Troum würd no lang nid ufhöre, het si ddänkt.

Der Zug isch wytergfahre, geng schnäuer, hets eim ddünkt. Dussen ischs lengschtens Nacht gsi, fyschter u chaut. Si hätt no lang weue unterwägs sy, tagelang, wuchelang, nie aacho, u d Wermi vom andere gspüre, di wortlosi Überystimmig.

Mängisch hei si sech aagluegt u aaglächlet, aber si hei weder d Adrässe no ds Natelnummero ustuuschet. Kener Verpflichtige, kener Verspräche. Es isch ere glych vorcho, wi we si scho es haubs Läbe lang mit em Jans unterwägs wär, mit däm Suhn vom Chünig vo Dänemark, u si hätt am liebschte weue wyterfahre bis a ds Ändi vo der Wäut. Wi heissts bim Shakespeare?, het si überleit. Der Laertes, der Brueder vor Ophelia, warnet se ir dritte Szene, bevor dass er yschiffet, der Hamlet meinis mit syne Liebesversprächige nid ärnscht, das syg «nur Duft und Labsal eines Augenblicks; nichts weiter».

«Nächster Halt Bern», het der Kondüktör gmäudet. Si isch churz nach Burgdorf ufgstande u het sech vom Jans la i d Jagge häufe. Er het iri Reisetäsche obenabe gno u isch mit eren useggange, u si sy äng näbenand im Gang gstande. Er het der Arm um se gleit u gchüschelet, si müessi d Enttüüschig gly vergässe u dörf nümm lang so truurig sy. Das mües si ihm verspräche. Ds Läbe göng wyter, un es gäb sicher e nöji Chance.

Si het gnickt u sech gar nid gfragt, wiso dass er das wäg em Engagement errate het. Oder het er öppe ds Theaterprogramm vo Kassel gseh, wo si im Abteil äxtra het la lige? Er syg so lieb zu re gsi uf dere churze Fahrt, het si gseit. Das möcht er mängisch gärn sy, es glingi nume säute, het er glachet u re zärtlech über ds Haar gstriche.

D Brämse hei quitschet, der Zug isch i Bahnhof ygfahre, di outomatische Türe sy ufggange. Ggofere, Täsche, Mönsche. En Abschiid. Eine vo vile.

E churzi, härzlechi Umarmig – u scho isch si i de Lüt inne verschwunde u het nümm zrügggluegt. Öppis Überraschends, öppis Schöns isch ere gschänkt worde. Aus anderen isch nümm so schlimm gsi. I bi ja nid ertrunke wi d Ophelia im «Hamlet» vom Shakespeare, het si ddänkt, i läbe no. U si het gwüsst, di Begägnig im Zug mit däm Prinz vo Dänemark wärd si nie vergässe u geng a Jans dänke, we si d Ophelia würd spile.

Frömdi ir Nacht

D Silvia hätt nie ddänkt, dass e Melodie se geng wider a öpper Bestimmts würd mahne. Vermuetlech ires Läbe lang. U de ersch no settigi U-Musig, wo me hüüffig ghört. Usgrächnet «*Strangers in the night*» vom Frank Sinatra – ja geits de no! U sii, wo am liebschte klassischi Musig lost, cha sech nid wehre gäge dä Song, das heisst gäge d Erinnerige, won er uslöst. Uf Änglisch cha me d Wort ja no la gäute, het si sech gseit, aber we me das probiert z übersetze, tönts kitschig: Frömdi ir Nacht, wo Blicken ustuusche – öppis i dynen Ouge het mi yglade – öppis i mym Härz het mer gseit... Das trieft nume so vo Sentimentalitäte. Im Bärndütsch, wo d Liebeserklärig «I ha di gärn» längt, isch das fasch nid z verdoue.

Si isch jung gsi u ledig, u grad denn, we mes nid erwartet, begägnet me re, der Liebi. Am Aabe i däm noble Hotel z Athen isch er plötzlech vor ire gstande u het gfragt, öb si weu tanze... En Ängländer, eine vo Wales, für genau z sy, mittugross, e lässige Typ mit bruune Haar u blauen Ouge un eme offnige Lache, nid viu euter aus sii. Ke Star, e sympathische Durchschnittstyp. Er het öppis gha, wo re uf Aahieb gfaue u se aazoge het, si hätts nid chönne säge, was es isch gsi. Sy Stimm? Sys Änglisch? Sy typisch änglische Humor? Syner Geste, syni Lachfäutli um d Ougen ume? Sy unkomplizierti Art? Sys ehrlechen Inträsse a re? Er syg uf Gschäftsreis für ne internationali Computerfirma, auso fasch geng unterwägs, het er verrate, u viu meh Privats het si nid erfahre by deren erschte Begägnig.

Si hei zäme uf der Dachterrasse under em griechische Stärnehimu tanzet, d Luft isch warm u weich gsi, u nid wyt ewägg isch d Akropolis gstande. Er het se grad richtig gha, nid z fescht, nid bsitzergryfend, ender zärtlech. Si het d Ouge zueta u äbe, d Band het gspiut: *Strangers in the night, two lonely people... love was just a glance away...* Si het d Zyt u aus vergässe, het eini oder zwo oder drei Stund ganz ir Gägewart gläbt u gmerkt, dass si sech uf en erscht Blick verliebt het gha i dä Ängländer, wo se geng wider zum Tanze ghout u z lache gmacht het. Es isch gägesytig gsi – oder öppe nid?

Achtung, het si sech gwarnet, dä isch ganz sicher ghürate, das cha doch nid anders sy. Settigi Manne im beschten Auter sy nümm z ha, i mues ufpasse, süsch tuets mer nächär nume weh. Si het sogar abglehnt, e Gin Tonic z trinke, si het nume Sodawasser mit emene Zitroneschnitz bsteut. I wott der Chopf nid verliere, het si sech vorgno, es isch besser, wen i ganz nüechter blybe, süsch chönnts gfährlech wärde. Er het zwar ke Ring treit, aber uf das het me sowiso nid chönne gah. Si hätt am liebschte di ganzi Nacht weue wytertanze u mit däm John zämesy u het sech glych churz nach Mitternacht verabschidet. Si mües am nächschte Morge früe abreise, het si gseit, un er het weue wüsse, won er se chönn erreiche, er mäud sech de gly einisch, si müesse enand wider gseh. Unbedingt! Si het em schliesslech iri Adrässe ggä. *Good night, bye-bye.* U si isch fasch gflüchtet u het nächär der Räschte vo der Nacht vo däm Ängländer tröimt. *Something in your smile was so exciting...*

Am nächschte Morge früe, wo si ir Réception ufe Flughafe-Bus gwartet het, het si, no nid ganz wach, geng wider umenand gluegt. Es hätt ja chönne sy, dass der John... Nei, i mues ne sofort vergässe. Es isch doch eifach nid müglech, un i ha mer öppis ybbiudet, dä Aabe isch z romantisch gsi. Auso. Schluss u verby. E schöni Erinnerig, es bsundrigs Souvenir us Athen, het si ddänkt.

Es paar Tag speter het d Silvia e Fleurop-Bluemestruuss übercho, wunderschöni roti Rose, mit emene Chärtli vom Ängländer. Er danki no einisch härzlech für dä unvergässlech Aabe z Athen!
   Si hets fasch nid chönne gloube. Was für ne Fröid! Ersch jitz het si gmerkt, dass si ke Adrässe vom John het gha. Si het em nid emau chönne danke, uf em Kuvert isch ke Absänder gstande. Päch. Si het müesse uf ds nächschte Läbeszeiche vom John warte. Tag für Tag isch si vou Hoffnig der Briefchaschte ga lääre. Ke Charte, ke Brief, o kes Telefon, kes Läbeszeiche. Settigi schöni Rose – u nächär nüüt meh. Si hets nid chönne begryffe. Was het si de erwartet? Oder het er gschribe, u sy Brief isch verlore ggange? Er isch so viu ir Wäut desumecho u het vermuetlech i jedere Stadt e Fründin gha u deheime ne Frou. U glych, si het ne nid chönne vergässe u isch untröschtlech gsi. Wiso lehrt me so öpper kenne u verliert ne grad wider?

D Gschicht isch wyterggange, uf eigete, verschlungnige Wäge, nume hets viu Geduld bbruucht, u das isch nid grad iri Sterchi gsi. Der John het eines Tages telefoniert u gseit, er syg es paar Tag z London u möcht se gärn wider gseh, er dänk viu a se, öb si nid d Müglechkeit heig...? Si hets fasch nid chönne gloube, dass er sech doch wider gmäudet het. Ja natürlech chömm si gärn uf London, si chönn das guet organisiere, het si versproche. Bevor di Reis zstand cho isch, het si se us bruefleche Gründ zwöimau im letschte Momänt müessen absäge u jedesmau Angscht gha, der Ängländer nähm ere das übu oder nähm aa, si machs äxtra, si weu ne nid träffe.

Eines Tages hets du ändleche klappet. Si het Lampefieber gha vor däm Träffe, wi we si d Houptroue imene schwirige Theaterstück müesst spile, u isch unsicher gsi, öb si ne überhoupt no würd kenne nach dere länge Zyt. Wo si z London aacho isch, het der John am Flughafe uf se gwartet. Scho vo wytem het si ne dört gseh stah, imene beige Trenchcoat, un es isch wi nes Wunder gsi, das Zämeträffe vo zwene Mönsche, wo sech no chuum kennt hei.

Vom erschte Momänt aa het d Silvia sech wohl gfüeut mit em John wi ne Fisch im Wasser. Si hei zersch e Fahrt uf ds Land gmacht, sy ga spaziere, hei gredt u gredt u viu glachet. Jedi Minute vo däm Zämesy isch öppis Bsundrigs gsi. Am Aabe im Tavistock Hotel – er het es Hotelzimmer für se reserviert gha, grad näb sym – hei si es *dinner by candle light* gnosse, romantischer hätts nid chönne sy, u gäge Morge zue sy si Hand in Hand z Covent Garden unterwägs gsi, hei heisse Tee trunke u d Zyt vergässe. O d Tapete im Tavistock Hotel het si nie meh vergässe, es rots Tulpemuschter uf beigem Grund, u o nid der Blick zum Fänschter uus ufe Tavistock Square, wo einisch d Virginia Woolf gwohnt het.

Es paar Stund speter het der John müesse verreise, viu z wyt ewägg, uf Johannesburg. Er het se no einisch i d Arme gno u versproche, er mäud sech gly, es syge wunderbari Stunde gsi mit ere, won er nie wärd vergässe – u plötzlech isch si eleini gsi z London, si het no e haube Tag Ufenthaut gha, bevor si het müesse heiflüge. Cha me beschrybe, was Glück isch? Vilicht ersch, wes verby isch, we mes nümm het. Si isch übernächtiget gsi, het chuum gschlafe gha, u jitz isch ds grossen Eländ über se cho. Es het ere fasch ds Härz verrisse, u si hätt nume no chönne ggöisse vor Liebi u vor Abschiidsschmärz. Wenn gsehn i ne wider?, het si ddänkt. Wiso chöi mer nid zäme blybe? Si het gwüsst, dass öppis Schwirigs uf se zuechunt: e Liebi, wo zumene grosse Teil us Warte u Hoffe besteit.

Wi lang hautet me das uus? Si het denn lang gmeint, es lohn sech, settigi Schwirigkeite uf sech z näh. Es het nie öppis Autäglechs, Normaus ggä mit em änglische Fründ, geng e Bärg-u-Tau-Fahrt, en intensivi Zyt, wo nume churz isch gsi, wunderbari Momänte u nächär wider en Absturz vo irne Gfüeu, wen er het müesse gah. Briefe het si a ne Adrässe z Ängland poschtlagernd gschickt, un är het öppe ne Charte gschribe oder churz telefoniert; ds Internet hets no nid ggä.

Nach emene Jahr het sis nümm usghaute u em John offe gschribe, das syg uf d Lengi nüüt für se, e settigi Beziehig meh oder weniger uf Dischtanz, geng das Warte u Plange u Abschiidnäh, wes grad am schönschte syg. Si syg nümme frei u glych nid bbunde u si vermiss ne jede Tag. Er het gantwortet, er beduuris, aber er chönn se begryffe, es syg o für ihn nid liecht. Si het sech zrüggzoge u probiert, nümm a ne z dänke. Er isch sowiso irgendwo z Südafrika oder z Asie gsi, ömu geng viu z wyt ewägg, unerreichbar, we si ne bbruucht hätt.

Zwöi Jahr speter het si plötzlich wider – oder geng no – a John ddänkt u nem wider einisch gschribe, imene müglechscht unverfänglech-fründschaftleche Ton. Sicher syg er lengschte verhüratet u müglecherwys scho Vatter u trinki jitz grad Tee mit syre Familie, wen er dä Brief läsi. Wes so syg, wünsch si ihm viu Glück – u wen er geng no ledig syg wi sii, würd si sech fröie, wider einisch öppis vo nem z ghöre.

Scho gly het si Antwort übercho. Er heig se nid vergässe, syg geng no eleini unterwägs u mües i zwone Wuche uf Rom a nes Seminar reise. Er würd gärn mit em Outo en Umwäg über d Schwyz mache u se by dere Glägeheit wider einisch träffe.

D Silvia het iri Wonig putzt, wi we si e Staatsbsuech würd erwarte, isch vo Tag zu Tag närvöser worde vor luter Vorfröid u het sech geng wider gseit: Es isch sicher verby, mir heis probiert gha, es isch besser, we mer gueti Fründe blybe, meh nid. Derby het si chuum meh mögen ässe u het schlächt gschlafe vor luter Ufregig. Si het ufe John planget wi nes Chind uf d Wienachte. Das cha doch nid guet cho, het si sech zwüschyne müesse ermahne.

Mit guet zwone Stund Verspätig isch er du znacht spät aacho. Er het unterwägs Problem gha mit sym Outo u vo der Schwyzer Gränzen aa im vierte Gang müesse dürefahre, ohni aazhaute. Es isch gsi wi bir erschte Begägnig.

Si het sech grad wider nöi verliebt. Er het am nächschte Tag i d Garage müesse mit sym Outo u isch nid unglücklech gsi, dass er no nid het chönne wyterfahre. Si söu doch mitcho uf Rom, het er spontan vorgschlage, er wärd se eifach i ds Hilton Hotel yschlöise, u si chönn di Ewigi Stadt ga aaluege, wen er a de Seminar mües teilnäh. Wiso eigetlech nid? Si het sym Charme u däm Aagebot nid chönne widerstah, het mit irem Chef gredt u nes paar zuesätzlechi Ferietage gno – u scho sy si zäme im reparierten Outo Richtig Süde unterwägs gsi.

Z Florenz isch er zmitts i d Stadt gfahre, het vor emene chlyne Hotel ghaute, es Doppuzimmer bbuechet u se aus *Mr. and Mrs. G.* ygschribe. Was für ne Aabe z Florenz mit em unstärbleche David un em John! Drei Tag lang het er se nächär z Rom uf em Monte Mario im Hilton Hotel versteckt. Si hei Träne glachet über di komische Situatione, wo sech mängisch ergä hei.

Di churze Ferie z Italie sy viu z schön gsi, u der Abschiid leider wi geng. Scrambled eggs zum Zmorge u heimlechi Träne. Jitz wirds doch no guet cho, het d Silvia sech ybbiudet u sech nöji Hoffnige uf enes gmeinsams Läbe mit em John gmacht. By sym nächschte Bsuech ir Schwyz het er unbedingt iri Eutere weue lehre kenne, u die hei ires beschte Schueuänglisch füregno u dä Fründ vo der Tochter het ne e gueten Ydruck gmacht. En Ängländer aus zuekünftige Schwigersuhn? Wiso nid?

D Silvia het wider gwartet: uf enes Läbeszeiche, es Telefon, e Charte, e Brief vom John. Einisch us Südafrika, de wider us Tokio, u plötzlech het er sech us Frankfurt gmäudet, u si het der IC gno u isch i d Geburtsstadt vom Goethe gfahre u het ne dört troffe. Im Zug uf der Rückreis het er ja de nid bruuche z gseh, wi si bbriegget het. Ds nächschte Mau isch er wider ir Schwyz uftoucht u het einisch gseit, er möcht hie begrabe wärde, er chönn sech by ire so guet erhole wi süsch niene. Er het fröhlech pfiffe wi geng u se verwöhnt. Uf iri Frag, wiso dass es so schön syg mit em, het er bhouptet, das syg d Chemie, wo stimmi, e gheimnisvoui Mischig, u jedesmau het si sech müesse losrysse vo irem Ängländer, wen er wider abgreist isch.

No einisch het si gmeint, es chönnt e gmeinsami Zuekunft gä. Der John het sech müesse uf Rotterdam ga vorsteue, es isch em en interessanti Steu aabbotte worde. Zu irem Erstuune het er se weue mitnäh zu däm wichtige Termin, u si het ne no so gärn begleitet. Wider ischs en unvergässlechi Reis worde. Er het sy Troumsteu übercho, u si hei sy Erfoug zäme gfyret. Heimlech het si scho es Sprachbuech gchouft, für Holländisch z lehre. Jitz föng de ds gmeinsame Läben aa, het si sech vorgsteut, u si wär sofort bereit gsi, das Aabetüür z wage, sicher hätt o sii Arbeit gfunde z Holland, un es wär ändleche e Glägeheit gsi, sech besser lehre z kenne u lenger zämezsy aus es paar Tag zwüsche zwone Gschäftsreise.

Geng, wes am schönschten isch gsi, het ire Fründ aube müesse verreise. Ganz plötzlech, ohni Vorwarnig. Er heig es Telefon übercho, er mües leider am nächschte Morge gah, het er bhouptet, u si het nie gwüsst, öb er Angscht übercho het, sech z fescht z binde – oder öbs wahr isch gsi. Oder isch si eifach wi nen Insle für ne gsi, en Ort, won er sech het chönnen erhole vom Stress u nächär wider gah? Si hei sech no es paarmau troffe, u kes einzigs Mau het er vo Zämeläbe oder sogar vo Hürate gredt, u si het nahdisnah resigniert u nümm a nes Happyend ggloubt. Ds Läbe het ohni ihn müesse wytergah.

Zwöi Jahr sy vergange, ohni dass d Silvia der John gseh het.

U du isch us heiterhäuem Himu wider es Telefon cho vo nem, wi we nume grad zwo Wuche vergange wäre syt sym letschte Bsuech. So isch das geng gsi, u si het sech glych wider gfröit, sy Stimm z ghöre. Er het se überredt, nach em Schaffe uf Züri z cho, er heig leider viu Verpflichtige u Besprächige u nume grad en Aabe lang Zyt, er mües am nächschte Morge wyterflüge.

Bahnhof Züri, am Aaben am nüüni. Er isch zmitts ir Halle gstande, u si isch uf ne zueggange, zu irem Erstuune ds erschte Mau ohni grossi Gfüeu, ömu nümm wi aube. Er het sech veränderet gha, isch ere breiter, grauhaariger u euter vorcho, het e dunklen Aazug mit Hemmli, Gilet u Grawatte treit – nümm Jeans u ne Pullover, lässig um d Schultere gleit. Si hei sech flüchtig umarmet, un er het gseit, si gseng müed uus u öb iri Haar scho geng so bruun syge gsi. Nächär gägesytigi Frage, was i de letschte zwöi Jahr passiert syg i irem Läbe. D Silvia het afa verzeue, vo der Arbeit, vo Fründschafte, vo Ferie, vo Plän. Si het säuber gstuunet, was si aus erläbt het. Wiso het nume sii di ganzi Zyt gredt u derzue no inere Frömdsprach? Der John isch doch wyt umenand cho, het Riiseverträg chönnen abschliesse u viu Gäut verdienet. Er isch en erfougryche Gschäftsmaa worde, aber was het er de eigetlech erläbt u z verzeue gha? Weni, het es se ddünkt.

Es späts Ässe imene noble Restaurant. Meh aus es chlys Steak mit Salat het d Silvia nid möge. Der John hingäge het es Riisesteak mit Pommes frites, Gmües u Salat verschlunge, het mehreri Bier derzue abegläärt u no Brot verlangt. Dessär? Si isch mit emene Espresso zfride gsi, un är het sech en apple pie mit viu Nydle la bringe u derzue no en Irish Whisky bsteut. Si het uf sy Haus gluegt, wo vom Hemmlichrage u vo der Grawatte wi ygschnüeret isch gsi, un es isch ere fasch schlächt worde. Er het se nächär no weue zumene Drink ylade. Ire letscht Zug fahr de churz vor Mitternacht, het si gseit, dä dörf si nid verpasse, si mües morn früe ga schaffe. Er het se umen Egge i sys Hotel gfüert. Es Hotelzimmer mit em obligate anonyme Luxus. Es hätt irgendwo uf der Wäut chönne sy. D Silvia isch froh gsi, dass si nid i Hotelzimmer het müesse läbe.

Whisky, Gin, Bier, Martini? Es Glas Rotwy? Si sy wi flüchtigi Bekannti enand vis-à-vis gsässe u hei e Chehr gschwige. D Silvia het fasch echly afa frömde. Frömdi ir Nacht... Si het ne beobachtet. Er het groukt, nöierdings tüüri Zigarre, nümm Zigarette. Es het ne irgendwie euter gmacht. Es frömds Füürzüüg isch uf em Tischli gläge, nid das, wo si ihm einisch gschänkt het. Manne gseh settigi Chlynigkeite wahrschynlech nid, het si überleit. Si het ne offe gfragt, öb er e nöji Fründin heig, un er het gseit, nüüt Ärnschthafts, er wüssi säuber nid, was er suechi. Mii offebar nümm, het si ddänkt u müesse lächle.

Ds Gilet, won er treit het, het se gstört. I cha nüüt aafa mit emene Maa, wo z viu Gäut macht u nume no i Erschtklasshotel abstygt u sy Humor fasch ganz verlore het u o nümme fröhlech pfyft, het si müesse zuegä. Bis vor churzem ischs doch ganz anders gsi, un i ha aus a nem möge, sy Stimm, sys Lache, syni Händ, sy diräkti, härzlechi Art, uf Mönsche zuezgah. Denn znacht z Covent Garden bim Teetrinke, z Holland unterwägs bim Picknick, z London das Gspräch, won er am Piccadilly Circus mit emene Schueputzer gfüert het, z Saxehuse bim Öpfuschnapstrinke... Si het sech i irem blaue Rock, wo si denn äxtra gchouft het, gseh im Frankfurter Hof i ds Hotelzimmer cho, un er isch dagstande u het se aagstuunet u re ds Gfüeu ggä, si syg di Schönschti vo aune.

Si isch so i Gedanke versunke gsi, dass si ire letscht Zug verpasst het. Vilicht het sis unbewusst la druf aacho? Ischs e letschte, verzwyflete Versuech gsi, der John z prüefe? Jitz het si müesse dablybe.

Er het se uf ds Bett zoge. *To make love*. Nid wyter ufregend. Es gieng o ohni das, es würd mer nüüt fähle, isch ere düre Chopf ggange. Ds Fatale isch nume gsi: Er hets nid gmerkt, nid gspürt.

«I ha mi veränderet», het si zue nem gseit. «Aus isch no fasch glych wi bym letschte Mau, wo mer is gseh hei, aber i bi nümm so truurig wi aube, dass d morn wider verreisisch, i erwarte nüüt meh vo der, i mache mer kener

Illusione meh u o kener Hoffnige. Es tuet nümm weh u isch eifacher, sicher o für dii. Oder öppe nid?»

Der John het nid emau gmerkt, dass si das ironisch, ja es Spürli bitter gmeint het. Aus Antwort het er probiert, auti Zyte z beschwöre. Weisch no denn? Er het afa ufzeue: Florenz mit em tüüre Hotel, d Gschicht vo de zwe Aazüg, wo by ire ir Schwyz im Schaft sy blybe hange, u derby hätt er se bbruucht bim Gschäftsseminar z Rom u het sech dört vomene Kolleg en Aazug müessen entlehne, wo ihm viu z gross isch gsi. Weisch no...?

Natürlech han i das aus nid vergässe, wi wett i oo, het sech d Silvia gseit. Das längt nid. Sy mer de scho so aut, dass mer müesse vo Erinnerige läbe? Wen i der John ghürate hätt, hätte mer vermuetlech irgendwo es grosses Huus mit Garte, tüüri Möbu, zwöi Outo ir Garage, un i müesst modischi Chleider trage u repräsentiere, Gschäftsfründe vo nem zum Ässen ylade, Cocktails mixe, Small talk mache, geng wider sy Ggofere y- u uspacke, syni Hemmli wäsche u glette. Ching hätte chuum Platz i däm Läbe – un er würd geng no vo Florenz u vo Rom schwärme, statt im Momänt z läbe.

Si isch nächär im Bett gläge, wo viu z gross u z breit isch gsi, si isch sech drin verlore vorcho. I verliere der John, i ha ne scho verlore, het si ddänkt, u wo si ändlechen ygschlafen isch, het si en Auptroum gha.

Si isch imene Hotel mit em John, u am nächschte Morge früe mues si ire Flug verwütsche. Si packt ds Ggöferli u laats i d Réception la bringe. Da gseht si plötzlech, dass iri zwo schönschte Bluse no im Schaft hange. Es isch scho spät, u si het Angscht, der Flug z verpasse, u möcht sofort gah. Der John zwingt ere nes Zmorgen uuf, riisegrossi Äppeeri mit viu z viu Nydle, un es wörgget se. Si wird geng närvöser, cha d Tür nümm uftue u überchunt Panik. Ändleche fingt si en anderen Usgang u schleipft ires schwäre Gepäck d Strass zdürab. Inere Viertustund sött si am Flugplatz sy. Im Strassegrabe ligt e Frou, bluetüberströmt. Wi cha si dere häufe? Plötzlech chunt der John cho z fahre, imene Jaguar, tuet ds Fänschter uuf u rüeft, er dörf hie nid parkiere, es syg verbotte aazhaute...

Ds Telefon vo der Réception het se gweckt. Haubi sibni. Si isch wi zerschlage gsi, i ds Badzimmer ggange, het e Dusche gno u sech aagleit. Wo si gseh het, dass der John wi ne Pascha no im Bett glägen isch, isch si fasch echly aggressiv worde. Si het müesse pressiere, het Chopfweh gha u nid emau Zyt für ne Tasse Ggaffee. Si hätt nid söue cho!

Es syg schön gsi, se wider einisch z gseh, het der John vom Bett uus gseit, echly gnädig. Er wärd sech i nes paar Wuche wider mäude, het er versproche. D Silvia het gschwige. Leider het er o das nid gmerkt.

Si isch zum Hotel uus gflüchtet u mit em Tram zum Bahnhof gfahre. Der Zug isch scho dagstande. Vorne hets nume Erschti-Klass-Wäge gha, ändlos. Die, wo scho drin gsässe oder grad ygstige sy, sy fasch aus Manne gsi, i dunklen Aazüg, Hemmli, Gilet u Grawatte, mit Ggöferli un ere Zytig under em Arm, früsch rasiert u meh oder weniger abglöscht u aapasst. Hundertmau ds glyche Biud. Es het se deprimiert.

Di schöne Zyte mit em John sy verby gsi. We scho romantischi Stunde mit ihm nümm müglech sy gsi – wi schlimm wär de ersch der Autag worde! Si hei zwar gmeinsami Erinnerige gha, aber ke Zuekunft. U si het i däm Momänt gwüsst: I fahre nie meh uf Züri u o i ke anderi Stadt uf der Wäut, für my änglisch Fründ z träffe. D Liebi isch so naach gsi u jitz so wyt ewägg. Mir sy nume no *two lonely people*. Wär het sech meh veränderet – är oder ig? Wiso geits i de meischte Liebesgschichte um das, wo nid guet chunt, um das, wo sech nid erfüut vo au dene Tröim am Aafang?

Dä letscht Aabe het si im Gedächtnis gstriche. Nume we si aubeneinisch am Radio «*Strangers in the Night*» ghört, dänkt si wider a John, nume churz, un es macht se nümm truurig, im Gägeteil, si cha sech fröie über di schöne Momänte, wo si zäme erläbt hei. Si het der Kontakt zue nem scho syt Ewigkeite verlore u weis nid, öbs ne no git. Es cha sy, dass er bim Golfe oder wen er irgendwo uf der Wäut imene Hotelzimmer nid cha yschlafe, mängisch no a se dänkt.

Ds Trambillet

I ha d Erika dür ne Zuefau lehre kenne. Mir hei nis monatelang nume E-Mails gschribe, bis mer is zum erschte Mau gseh hei. I ha gmeint, si syg e jungi Frou, wo vom Auter här guet chönnt my Tochter sy. Viu Privats han i nid gwüsst vonere – ussert dass si z Bärn ufgwachsen isch u mit irem Maa z Kanada gläbt het.

Wo mer is du «richtig» ir Bärner Autstadt troffe hei, han i gstuunet. E ryffi Frou um di füfzg oder sogar öppis drüber isch vor mer gstande u het mi aaglachet. Si het genau so usgseh, win i mir e typischi Bärnere us früechere Zyte vorsteue: en imponierendi Erschynig, gross u schlank u charmant, mit dunkublondem Haar, wo si denn uf fasch echly autmodischi Art imene Chignon treit het. Si het es aasteckends Lache gha u nes wunderschöns Bärndütsch gredt, vilicht wiu si so mängs Jahr scho im Ussland gläbt het u d Mundart für sii öppis Bsundrigs bbliben isch u sech o nid so schnäu veränderet het wi hie by üs. Mir sy nis gägesytig sofort sympathisch gsi, un im Verlouf vom Gspräch han i geng meh ds Gfüeu gha, i kenn se scho syt langem.

Es Jahr speter isch si wider i d Schwyz cho, un i ha se zäme mit irem Maa zu üs hei yglade. Si heige zwar weni Zyt, si müesse rundum ga Verwandtebsüech mache, het si gseit, aber d Yladig glych aagno, u mir hei en unvergässlechen Aabe z viert erläbt.

Sy Grosvatter syg en Ämmitaler Chäser gsi, het der Maa vo der Erika verzeut, u syni Eutere sygen ersch speter uf

Züri züglet. Er heig i d Ferie geng zu de Groseutere dörfe gah u so sys Bärndütsch nie verlore. Speter heig er z Züri afa studiere, Geologie, das syg scho aus Bueb sy Troumbruef gsi, wiu er heig weue wüsse, wis im Innere vo de Bärge u töif unden im Bode usgseng.

Er het eim das uf liecht verständlechi Art chönnen erkläre, er het e Landschaft ganz anders aus mir aagluegt; mit sym Röntgeblick het er di verschidnige Schichte chönnen unterscheide u säge, wenn dass si entstande sy. Plötzlech isch eim es Liecht ufggange, was für nes faszinierends wüsseschaftlechs Gebiet d Geologie cha sy, we me öppis dervo versteit.

Bim Dessär han i spontan gfragt, wi si sech de eigetlech heige lehre kenne, d Erika u der Walter, es het mi wunder gno. Si hei enand verschwörerisch aagluegt u fröhlech glachet.

Das syg e bsunderi Gschicht, het der Walter gschmunzlet. Won er z Züri Studänt syg gsi, syg er einisch nach de Vorläsige i ds Tram ygstige für heizfahre. Im letschte Momänt syg e jungi Frou näb em cho absitze. Das heig er zersch gar nid richtig gmerkt, er heig no öppis imene Buech nachegläse u syg i Gedanke wyt ewägg gsi. Ersch wo öpper vorne im Wage grüeft heig: «Billetkontrolle, bitte!», heig er ufgluegt u gseh, dass sy Nachbere bleich syg worde. Si heig afa umenuusche i irem Täschli, heig gsüüfzget u zueggä, si syg so pressiert gsi, dass si totau vergässe heig, es Billet z löse. Si heig nid emau gnue Gäut by sech, für d Buess z zale. Er heig sofort gseh, dass si sech gschämt heig u am liebschten im Bode verschwunde wär.

Si heig scho a di schadefröidige oder verächtleche Blicke vo de Lüt ringsum ddänkt: Ah, eini, wo bschisse het! Di unbekannti jungi Frou heig ihm Leid ta. Das mach doch nüüt, das hätt o ihm chönne passiere, heig er se probiert z tröschte, är chönn ere ds Gäut doch vorschiesse, er mach das gärn.

«Er het so ne wunderbari Rue gha, das het mer guet ta. I bi so erliechteret gsi, dass i ne grad hätt chönnen umarme. E settige hiufsbereite junge Maa isch mer no nie übere Wäg gloffe!», het sy Frou ne unterbroche.

Ischs nech würklech ärnscht?, heig si gfragt, un är heig ersch jitz gmerkt, dass si ja... Bärndütsch gredt heig, sy Mueterschsprach, won er z Züri mängisch vermisst heig, het der Walter wyter verzeut. Er heig sech drüber gfröit – u scho gly syge si zmitts imene interessante Gspräch gsi. Si syge nächär am Bahnhof zäme usgstige, un er heig spontan gfragt, öb er se zumene Ggaffee dörf ylade. Si heig zum Glück aagno. U syt denn...

«Ja, syt denn sy mer zäme», het si glachet, «mir hei nis sofort verliebt.»

«I ha scho by deren erschte Begägnig gwüsst, dass i di nümm wott la gah, dass du u ke anderi my Frou muesch wärde», het ire Maa nacheddopplet, u si hei enand aagluegt wi nes früsch verliebts Paar. Derby sy si syt guet dryssg Jahr ghürate.

Niemer würd em Walter aamerke, dass er Profässer isch, u zwar nid irgendeine, sondern internationau e Kapazität uf sym Gebiet. Er isch trotz syne wüsseschaftlechen Erfouge der bescheidnig Gieu us em Ämmitau bblibe, wo sech sy Läbestroum erfüut het u sys Wüsse mit Fröid wytergit. Dür sy Bruef isch er viu ir Wäut desumecho u het a verschidnige Universitäte Forschigsufträg überno, vo Südafrika über Nöiseeland bis Russland u Kanada. Sy Frou isch geng mitggange, vo eim Land i ds andere u isch no hütt geng wider bereit, wider z zügle. Si het es abwächsligsrychs Läbe u lehrt interessanti Lüt kenne. Im Louf vo de Jahr het si o müesse lehre, geng wider nöi aazfa. Ching hei si keni übercho. D Erika übernimmt ehrenamtlechi soziali Ufgabe, git zum Byspiiu de Ching vo Emigrante Änglischstunde u cha so iri müeterlechi Syte gnue usläbe.

Aunenorte uf der Wäut mitenand chönne Bärndütsch – d Muetersprach – z rede, isch beidne wichtig. Ferie mache si meischtens imene Stöckli im Ämmitau, wo si aube miete. So verliere si der Kontakt zur Schwyz nid ganz. U we si vo Zyt zu Zyt by de Verwandte vom Walter z Züri z Bsuech sy, mache di beide e Fahrt mit «irem» Tram u inszeniere iri erschti Begägnig – u verliebe sech grad wider früsch ynenand. Auerdings löse si de aube beidi vorhär es Billet.

Nöiaafang

Wo si vor nes paar Mönet a d Klassezämekunft ggangen isch – si het sech derzue müesse zwinge –, hätt si nid ddänkt, dass si dört der Heinz würd träffe. Aus Chind hei si näbenand gwohnt. Si sy denn unzertrennlech gsi u hei scho zäme im Sandchaschte gspiut, bevor si i Chindergarte sy ggange. Am erschte Schueutag sy si zäme loszottlet, ohni d Müetere; z zwöit het me se chönne la gah, ohni sech müesse Sorge z mache, si hei zunenand gluegt. Wo si i di füfti Klass sy cho, sy d Eutere vom Heinz leider i nen anderi Stadt züglet, u si hei der Kontakt nahdisnah verlore. D Marianne het sech no guet möge bsinne, wi si ire bescht Fründ am Aafang vermisst het. Es het se mängisch ddünkt, es fähle re ds Wichtigschte, ds Liebschte. Niemer het se denn so guet verstande wi der Heinz.

Es syg Zyt, dass si e Fründin heig u nümm gsotte u bbrate mit emene Gieu zäme syg, het d Mueter se aube weue tröschte, aber es isch ere nid glunge. D Marianne het mängisch znacht i ds Chüssi ggrännet u sech gfragt, wis ächt em Heinz göng. Si sy zäme ggange, wi me denn gseit het, we zwöi ynenand verliebt sy gsi, u si hei meischtens zäme d Ufgabe gmacht u sech im Gheime Liebesbriefli gschribe u se enand im Schueuzimmer under em Pult zuegschobe. Wes längwylig isch gsi ir Stund, het sech der Heinz aube umddrääit u re Blicke zuegworfe, füürigi Blicke us syne dunklen Ouge, u si isch rot worde, rot wi ne Tomate. Vorhär, wo si beidi no chlyn sy gsi, isch ds Zämesy ganz natürlech gsi. Jitz isch uf ds Mau aus anders worde, u si het gmerkt, wi si es komisches Gfüeu übercho het, we si der Heinz auben am Morge het gseh warte vor em Huus, so nes Zie im Buuch u Härzchlopfe. Si sy beidi plötzlech schüüch, fasch ghemmt worde u hei enand chuum meh gwagt, d Hand z gä. D Luft isch wi elektrisch glade gsi, we si sech aagluegt hei. Aber sech einisch es Müntschi gä? Ii wohär, das wär viu z gfährlech gsi, das hei si sech denn nid getrout. Leider nid. D Marianne het das speter beröit, we si öppe mau Längizyti nach em Heinz het gha.

Speter, nach em Studium, isch er uf Kanada usgwanderet. Er het dört ghürate, e Kanadiere, u isch vor nes paar Jahr Witwer worde. U o sii het ghürate u der Heinz jahrzähntelang fasch vergässe gha. Höchschtens we si irne Töchtere us irer Chindheit verzeut het, het si a ne ddänkt. De isch er plötzlech vor irnen Ougen uftoucht, der Jugetfründ, di erschti Liebi, denn no e Bueb i churze Hose mit meischtens verblätzgete Chnöi u glych scho ne Beschützer, wo sech gwehrt hätt für se, we re öpper öppis hätt weuen aatue.

Klassezämekünft sy schrecklech, het d Marianne wi geng ddänkt. Erschtens sy mer viu z viu Lüt u mi cha gar nid richtig mit jedem Einzelne rede, u jedes Mau erchlüpfen i am Aafang, wi aut mer usgseh, wi mer is veränderet hei u geng euter wärde. Fasch aui sy i d Breiti ggange, u d Giele trage ne Grawatte, hei Karriere oder viu Gäut gmacht u fahre i grossen Outo desume. U di meischte Meitli, wo ersch no bbäbelet hei ir Pouse, zeige jitz scho d Föteli vo de Grosching. U de chunts drufaa, näb wäm me im Säli vom Landgaschthof bim Ässe sitzt. Meischtens gits Rahmschnitzu mit Nüdeli, wiu das di meischte gärn hei, u di groszügige Giele zale eim der Wy. We me Glück het, preicht mes guet u cha es richtigs Gspräch füere u wird nid nume yddeckt mit Schiuderige vo Chrankheite u Schicksausschleg; we me Päch het, hocket me näb öpperem, wo eim scho früecher glängwylet het, u de wirds müesam, wiu me ersch bym Dessär oder Ggaffee der Platz cha wächsle. Ds Ungloubleche isch ja, dass me nach eim oder zwöi Gleser Wy der Ydruck het, nüüt heig sech veränderet i de letschte füfzg oder meh Jahr. Ringsum gseht me plötzlech wider di glyche Miuchgsichter wi denn uf em Klasseföteli mit em Herr Blaser, wo scho lang nümm läbt. U di glyche Grüppli tüe sech zäme wi früecher ir Schueu, di glyche Giele mache blödi Witze, für de Meitli, pardon, de eutere Dame, z imponiere, wo geng no uf di glyche Modi yfersüchtig sy u stichle, u mi hächlet schliesslech di glyche Lehrer düre wi geng. Mi wermt di ganzi Schueuzyt mit luschtige u pynlechen Erläbnis no einisch uuf, wi we si für aui e wunderbari, glücklechi Zyt wär gsi. Derby bin i froh, dass das aus scho lang verby isch. Heft u Büecher yfasse, Rächnigsprobe u Spicker, Jahrzahle usswändig lehre u Franzwörtli büffle, zur Abwächslig Schueureise u Maibummle, u jedi Wuche zwöimau ir Handsch schnurpfe u pfusche. Speter fasch ds Glyche, echly moderner, no einisch mit den eigete Chind miterläbe u mitlyde. Oh nei, bitte nid no einisch!

Dasmau isch es ganz anders worde. Scho wo si der Mantu ir Garderobe im «Adler» ufghänkt het, het si gspürt, dass se öpper aaluegt, u wo si sech umddrääit het, isch er vor ire gstande: der Heinz! Si isch grad wider rot worde wi aus Meitli, wiu er se so lieb aagluegt het. U natürlech het si ne uf en erscht Blick kennt, obschon si sech lang – wi mängs Jahr? – nümm gseh hei. U si het sofort gmerkt, dass er sech gfröit het, se z gseh. U ire ischs glych ggange. Es vertrouts Gsicht, eis, wo si... gärn het gha. Scho geng. Das isch ere vom erschte Momänt aa düre Chopf: I ha ne geng no gärn! Er isch dä bblibe, wo mir scho i myre Chindheit gfaue het. O wen er hütt vorne fasch kener Haar meh het u Faute uf der Stirne u ganz viu Lachfäutli um d Ougen ume, het er öppis bhaute vo däm chly wiude u glych mängisch schüüche Bueb, won er einisch gsi isch. U si isch spontan näb ne ga sitze, ohni sech vo de yfersüchtige Blicke vo den andere «Meitli» la druszbringe, u het dä Aabe afa gniesse.

Mängisch het si d Ouge haub zueta u nume uf d Stimm u ds Lache vom erwachsnige Heinz glost, u geng wider het si uf syni Händ gluegt mit de churz gschnittnige Negu, wo si am liebschte hätt möge strychle... Si hei enand so viu z verzeue gha, dass si sech beidi gar nümm um di andere kümmeret hei.

«He, dihr beide, das chöit dihr nid mache, ömu nid der ganze Aabe», het der Pesche se höch gno, «mi chönnt ja meine, dihr syget geng no es verliebts Pärli wi ir vierte Klass. Mir sy o no da.»

Si hei glachet u sech gwehrt, das syg scho nes paar Jährli här syt denn. U si hei sech meh aus einisch töif i d Ouge gluegt, ömu töiffer aus normau wär zwüsche früechere Klassekamerade. Eigetlech schad, dass me nid no tanzet het by dere Klassezämekunft. Der Heinz het se heibbracht, u si het ne no zumene Ggaffee yglade. Er syg nume no e Wuche ir Schwyz, het er gseit, un er weu se müglechscht gly wider gseh, er weu se nid no einisch verliere wi denn aus Gieu. Das syg denn schlimm gsi, eigetlech e Kataschtrophe, das merk er ersch jitz, won er se wider gfunde heig.

D Marianne het di ganzi Nacht nid chönne schlafe, vor Ufregig, vor Fröid über di Begägnig mit irem ehemalige Schueuschatz. U so ischs wyterggange. Vom erschte Momänt aa het si gwüsst: Es gyget eifach zwüschen üs, o hütt no. Es isch wi nes Wunder, dass i mi... wider cha verliebe. Si het sech im Spiegu aagluegt. Nei, grad toufrüsch het si nümm usgseh, vor auem nid nach ere Nacht ohni viu Schlaf. Faute u Fäutli, d Haar grauwyss, d Figur o nümm wi früecher, es paar Kilo z viu ume Buuch u um d Hüft ume u ne Läsibrülle... Er het ere glych Komplimänt gmacht gha u gmeint, si heig sech chuum veränderet, er gseng geng no ds Meitli i re, mängisch echly mit emene verträumten Usdruck. Auerdings heig das schnäu chönne chehre, si heig sech aube über ne Chlynigkeit chönnen ufrege u syg liecht verletzlech gsi, mängisch sogar ufbruusend, impulsiv. Öb das geng no so syg? Si het der Chopf gschüttlet u glachet, das chömm nume no säute vor, si heig sech das im Louf vom Läbe müessen abgwöhne.

«Schad», het er gseit, ihm heig dä Füürtüüfeli-Usdruck uf irem Gsicht, das Gwitter, wo ufzoge syg, ömu gfaue.

«U du hesch mi scho denn wi süsch niemer chönne zum Lache bringe», het si zrügggä. «Das hesch zum Glück nid verlehrt.»

Si hei sech jede Tag troffe, u der Heinz het sen yglade, ne uf Victoria, der Houptstadt uf Vancouver Island, i der Provinz British Columbia, won er gläbt het, cho z bsueche.

British Columbia? Das het im erschte Momänt so frömd tönt, so wyt ewägg, u si het sofort a kanadischi Winter ddänkt, a Unmängine vo Schnee u Yys, u afa zwyfle, öb ere das würd gfaue. No einisch Schy fahre? Lieber nid. Ire Jugetfründ het afa schwärme vo dere Biuderbuechstadt mit über drühundertdryssgtuusig Ywoner. Es syg e Stadt, wo Europäer sofort deheime syge, het er bhouptet, es heig keni Wulkechratzer, derfür jedi Mängi viktorianischi Hüser u schöni Pärk – u natürlech e grosse Hafe i der Meerängi Juan de Fuca Strait. O d Stadt Vancouver erreich me i nume drei Stund mit der Fähri, u mi gseng di schneebedeckte Olympic Mountains u derzue ds Meer mit de Säguboot. Im Früelig u Herbscht chönn me beobachte, wi Wale z tuusigewys a der Südspitze vo Vancouver Island im Pazifik verbyschwümme, das syg es ydrücklechs Schouspiiu. Un es heig o Chinese, wo z Victoria läbi, i der eutischte Chinatown vo Nordamerika, u viu Tourischte, vor auem Japaner, wo gärn dahäre chöme cho fotografiere. Ds Klima syg ds miudischte vo ganz Kanada, es wärdi scho Früelig, wes a andernen Orte no lang Schnee heigi, u o im Herbscht sygs no lang warm u sunnig.

Er het genau gwüsst, win er der Marianne di Stadt het müesse verchoufe. En Insle, es miuds Klima, ds Meer... Wo si am Aabe deheim no einisch drüber nacheddänkt het, isch ere plötzlech öppis i Sinn cho. Britisch Kolumbie? Het si aus jung nid Romän gläse gha, wo dört gspiut hei? Vonere kanadischen Outorin, der Kathrene Pinkerton? Si isch no einisch ufgstande u i irne Jugetbüecher ga nuusche u het di zwe rote Bänd gfunde, wo si ir achte oder nüünte Klass geng u geng wider verschlunge het: «Vickys Weg ins Leben», e Gschicht us Alaska, u da, «Das Schiff des Fliegenden Händlers», e Roman us Britisch-Kolumbie. Genau das Buech het si gsuecht!

Si isch im Pyjama häreghocket u het afa läse u am Aafang zimlech viu übersprunge, si het das aus meh oder weniger no gwüsst. D Gschicht vo der Ruth Browne, wo mit irem Vatter, ursprünglech emene Schouspiler, u irem Brueder nach em Tod vo der Mueter uf der «Argosy», emene schwümmende Lade, läbt. Vo Vancouver uus fahre si der Küschte vo Britisch-Kolumbie nah zu irne Chunde. U natürlech gits o ne Liebesgschicht. D Ruth lehrt der Eric, e junge Schiffsmechaniker, kenne, wo mit sym Schiff, em «Flyssige Sklav», uftoucht u d «Argovy» repariert. Schliesslech rettet er es paar Tag speter inere stürmische Bucht d «Argovy», wo si znacht abtrybt, wiu der Anker grissen isch. I dere dramatische Nacht wird der Ruth klar, dass ire Platz da isch u dass si nid uf Hollywood wott ga Schouspilere wärde. Ds romantische Happyend het der Marianne früecher bsunders guet gfaue, u o jitz het se dä letscht Satz, wo der Eric zur Ruth seit, bsunders schön ddünkt: «Es ist eine wunderbare Heimat, Ruth... für uns beide.»

I wär ja blöd, wen is nid würd wage, der Heinz wenigschtens uf Victoria z begleite u ga z luege, wis dört isch, het sech d Marianne gseit. Mir hei beidi viu Läbeserfahrig, u mit Toleranz u vor auem mit Humor wärde mer o heikli Situatione überstah. Si het ufghört, sech z viu unnötigi Gedanke z mache über d Zuekunft, u het nach langem wider einisch töif gschlafe i dere Nacht.

Am nächschte Morge het si irem ehemalige Schueuschatz telefoniert u gseit, si weu gärn uf Kanada mitcho, er mües eren aus zeige. Si isch bereit gsi, das Aabetüür z wage u no einisch nöi aazfa. U ne Momänt lang het si dra ddänkt, wi si mit em Heinz zäme scho einisch e wichtige Schritt i ds Läben use gwagt het, vou Zueversicht: am erschte Schueutag.

Muki u Kiki

My Nachbere im obere Stock het scho syt langem Wällesittiche gha. Im Summer, we d Fänschter offe sy gsi, han i öppe ghört, wi si gsunge u zwitscheret hei. Mängisch hets mi ddünkt, d Sonja machi echly es Gschyss mit dene Vögu. Si het geng wider vo ne verzeut u richtig vo ne gschwärmt. I ha zwar höflech glost u gnickt, aber mii hei Tier mit Fädere nie bsunders interessiert, i ha lieber Chatze.

Ja, u du het si eines Tages bi mer glüttet u gseit, si heig es Problem. Si chönnt e Reis uf Ouschtralie mache, si heig e Prys gwunne: füf Wuche Ouschtralie, mit auem Drum u Draa, u das syg eigetlech scho geng e Troum gsi, wo si sech nie heig chönne leischte. U übrigens chöme iri graugrüene Wällesittiche – Harlekine oder Schecke säg me ne – us Ouschtralie.

Wo de ds Problem syg?, han i gfragt. Das syg doch e grossi Chance, ömu ig würd ke Momänt zögere u sofort verreise.

Ds Problem syg nid d Reis oder d Flugangscht, o Ferie chönnt si näh. Si wüss nid, was si mit em Wällesittich-Pärli, em Muki u der Kiki, söu mache. Di beide heige sech so fescht a sii u iri Wonig gwöhnt, si möcht se nid i nes Tierheim gä, das bring si eifach nid über ds Härz.

I ha sofort gmerkt, was d Sonja vo mer het weue. Zersch han i probiert mi z wehre. I chönn nid mit Vögu umgah, han i bhouptet, das chämt nid guet. Zletscht han i haut du doch ja gseit zu dere Ufgab. Füf Wuche, das isch ke Ewigkeit, u d Sonja het mer aus zeigt u erklärt u mer sogar ufgschribe, was iri Lieblinge z frässe müesse ha: zwe bis drei Löffle Samemischig am Vormittag, eine bis zwe am Namittag, echly Salat u früschi Frücht oder Gmües, e Schnitz Öpfu oder Orange u nes Schybli Banane, e Bitz Gguggumere u Rüebli, echly Peterlig oder anderi früschi Chrütli u natürlech geng gnue früsches Wasser u nes Stück Cholbehirse, das heige si bsunders gärn. U ganz wichtig syg, dass der Chäfig geng suber syg. Das gäb nid viu z tüe, dä jedi Wuche gründlech mit heissem Wasser z putze u nöie Sand i Sandschueber z ströie. Im Durchschnitt bruuch me jede Tag nid lenger aus öppe dreiviertu Stund für d Pfleg vo de Vögeli. Säubverständlech weu si mer derfür oppis zale, im Tierheim würd das viu meh choschte. Si isch vou Vorfröid u Gwunder a ds anderen Ändi vo der Wäut abgfloge u het mi mit em Vogu-Pärli elei glaa.

U du hets mer gly einisch der Ermu ynegno, i gibes zue. Di zwöi Vögeli sy so auerliebscht gsi, dass i ne stundelang hätt chönne zueluege u zuelose. Am Aafang sy si zimlech misstrouisch gsi, wo ne plötzlech e frömdi Person ds Frässe bbracht het, i has dütlech gmerkt. U di erschte Tage hei si d Sonja vermisst. Nahdisnah hei sis gärn übercho, wen i mit ne gredt ha, si hei mer zueglost, u der Muki het ds Chöpfli schreg gha u probiert mi nachezmache. Wen er so wytermacht, chan er sicher zwöi, drü Wörtli rede, bis d Sonja zrüggchunt, han i mer gseit. Mit der Zyt han i verstande, was di beide Wällesittiche hei weue «säge». We d

Kiki hätt weue gfueteret wärde, het si es lysligs, gluggerenähnlechs Wimmere vo sech ggä, u si het d Flügle la hange u so lang bbättlet, bis ds Männdli re öppis bbracht u i Schnabu gschoppet het. U mängisch hei beidi e schlächte Luun gha u hei afa zettermordio ufbegähre, wi we si überschüssigi Energie wette loswärde. Es anders Mau hets tönt, wi we si mi wetten uslache. Si hei o chönne niesse, gine oder ganz verläge tue. Nei, längwylig ischs mer nie worde um sen ume, i hätt das nie ddänkt.

Eines Tages isch d Kiki nümm di glychi gsi. Es het mi ddünkt, si syg chrank. Si isch ufpluschteret, fasch waagrächt uf irem Schlafplatz ghöcklet, het der Schwanz liecht la hange, het der Schnabu i de Rüggefädere vergrabe, d Ouge haub zueta u nümme gfrässe. I bi ratlos gsi. Der Muki isch irgendwie o ganz truurig gsi, er het niemer meh zum Spile gha, un er het o weniger aus süsch aube gfrässe.

Was het ächt d Kiki?, han i mi gfragt. I ha probiert, ires Verhaute no genauer aus süsch z beobachte. Üsseri Verletzige het si kener gha, i ha ömu niene Bluet gseh. Si isch weder verstopft gsi, no het si Durchfau gha. Vercheutet? Nei, sicher nid. Was isch de los gsi? I ha Büecher über Wällesittiche us der Bibliothek ghout u nachegläse, uf was dass me mues luege. Veränderig am Ringfuess? Nei, o das nid – u o nid z längi Chraue oder e z länge Oberschnabu. E Ghirnerschütterig? De wärs ere sturm gsi, si hätt afa schwanke oder zittere oder hätt der Chopf nach hinde oder uf d Syte bboge.

D Sonja het nüüt dervo gseit gha, dass iri Vögu scho einisch chrank syge gsi. Si het mer zum Glück ds Telefonnummero vomene Tierarzt ufgschribe gha – für au Fäu. I ha nid lang gwartet, ha mi sofort aagmäudet u bi mit der Kiki i d Tierpraxis ggange; d Sonja het no e chlynere Chäfig gha, won i d Kiki ha chönne transportiere. Es isch auerdings schwirig gsi, di beide Vögu z trenne. Der Muki het ta wi verruckt, het geng wider ganz lut grüeft, isch im Chäfig desumegfloge u i ha ne nid chönne beruehige.

Der Tierarzt het mer zersch luter Frage gsteut, won i zum Teil nid ha chönne beantworte. Wi aut d Kiki syg, öb si scho mau chrank syg gsi, was si gfrässe heig... Er het se süferli untersuecht u gmeint, es chönnt e Härzfähler oder e Virus sy, das Vögeli heig Schmärze, er mües ganz offe säge, es gäb ke grossi Chance, dass es wider gsund wärdi.

I ha Medikamänt für d Kiki übercho, won i ha probiert i ds Frässe z mische. Leider hei die nüüt gnützt, u zletscht bin i säuber haub chrank worde vor luter Mitlyde, ha das Jammere vom Muki o nümm vertreit u bi mit der Kiki i ds Tierspitau gfahre. Dört het me mer gseit, es gäbi nüüt anders, aus das Vögeli yzschläfe.

U d Sonja? Hätt i re söue telefoniere? Nei – si het doch nid chönne zrüggflüge wäge der Kiki, es hätt o nüüt gnützt. I ha di Entscheidig säuber müesse träffe. Es isch mer nid liecht gfaue, aber mi cha doch so nes winzigs Tier nid la lyde.

U der Muki? Jitz han i no es zwöits Problem gha. Dä het um sys Wybli truuret – u wie! I ha stundelang probiert, em zuezrede u ne z tröschte. Er het sech für nüüt meh interessiert, nümm weue spile, nümm weue lehre rede, er het nume no lysli vor sech härezwitscheret. Im Sachbuech über Wällesittiche han i du gläse, dass sech Paar, we si sech einisch gfunde hei, tröi blybe. Es Läbe lang! Mi weis doch vo Elefante, dass si chöi Truur zeige. Jitz han is bim Muki o gseh, u häufe han i nid chönne. I ha sogar Angscht übercho, er chönnt mer gly einisch o stärbe, us Chummer, us Truur um sys Wybli.

Es het numen eis ggä, u das het pressiert: em Muki es nöis Gspänli sueche. I ha mi im Zoogschäft la berate u schliesslech es müglechscht jungs Wällesittich-Wybli gchouft u ghoffet, di zwöi wärde sech schnäu anenand gwöhne. Das wüss me leider nid im Voruus, het me mi gwarnet. Mi mües es usprobiere.

Am Aafang het der Muki nüüt weue wüsse vo däm frömde Vogu. Er het em der Rügge zuegchehrt, u äs – i ha no e Name müesse finde für das Wybli – het gchiflet u isch ufgregt im Chäfig desumegfloge. Bim Frässe het jedes der Öpfuschnitz für sich weue ha u het a nem zoge.

«Syt doch lieb zunenand», han i ne probiert byzbringe, «ds Voguläben isch doch viu schöner, we dihr zäme uschömet. Süsch bisch wider eleini, Muki, u das isch längwylig. Das nöie Vögeli isch no jung u cha dir d Kiki nid ersetze, aber es cha nüüt derfür, dass dys Gspänli nümm da isch.»

Nach vierne strube Tage – i ha scho ddänkt, i mües das Vögeli wider zrüggbringe, di zwöi chönn me nid zämelaa – han i am füfte Morge scho bim Ynecho gspürt, dass sech öppis veränderet het gha. Es isch ändleche wider richtig fridlech zue- u härggangen im Chäfig. Erstuunt han i zuegluegt, wi ds Wybli em Muki mit em Schnabu ds Chöpfli gstrychlet het, u dä het tatsächlech häregha, u nächär hei si beidi zäme druflos zwitscheret, dass es e wahri Fröid isch gsi. I ha ds nöie Vögeli afe provisorisch Lili touft u bi froh gsi, dass sech di beide offesichtlech hei afa gärn übercho. Wär weis, vilicht sy si verliebt gsi, ömu ds Lili i Muki?

Wo d Sonja isch zrüggcho vo irer länge Reis, han i zersch nüüt verzeut vo der Chrankheit u vom Tod vo der Kiki. Es het mi wunder gno, öb si öppis merki. Scho am zwöite Tag het si zue mer gseit, es syg komisch, si heig d Kiki ganz anders i Erinnerig, iri Fädere syge vorne häuer worde, u si verhauti sech echly anders, das syg sicher my Yfluss. I ha re du aus bbychtet, u si het müesse zuegä, zum Glück heigi re nid telefoniert. Si wär imstand gsi, d Reis abzbräche – u hätt doch der Kiki o nid chönne häufe. Syt denn bin i jederzyt gärn bereit, zum Vogupärli z luege, we d Sonja nid da isch.

Es het speter es überraschends Nachspiiu ggä: Wo d Sonja mit der Lili einisch zum Tierarzt het müesse gah, wiu si gmuderet het, het dä feschtgsteut, dass... si kes Wybli isch! Das syg mängisch bi de Junge nid ohni wyteres z gseh, het er erklärt. So isch d Lili haut i Lolo umtouft worde. Mii hets heimlech gfröit, dass der Muki mit em Lolo geng besser isch uscho – mi het däm fasch es homosexuells Verhäutnis chönne säge – u glych syre Kiki tröi bbliben isch.

Verloreni Freiheit

Ds Chärtli isch scho syt Wuche desumegläge, u si het geng no nid gantwortet, geng no kener Glückwünsch zur Hochzyt gschickt. Derby het si nüüt dergäge gha, dass er wider ghürate het, im Gägeteil, si het ihm nume ds Beschte gwünscht u ghoffet, er syg glücklech u wärd glücklech blybe mit deren Antonia, wo si nid kennt het. Nach au dene Jahr, wo si ihm chuum je übere Wäg gloffen isch, het es se erstuunlech ddünkt, dass er o ire es Chärtli gschickt het.

Dä Blick us synen Ouge, blau, töif, e Blick vomene Haubwüchsige zwüsche Chind u Maa, vou versteckter Zärtlechkeit, wo se gwermt het. Es isch eifach passiert, einisch ir Pouse oder zmitts inere Schueustund, u si heis beidi gmerkt u sech lang nume mit Blicke verständiget. Ds Läbe isch vo eim Momänt zum andere schöner u häuer worde, u sogar ds Ufstah am Morge liechter, wiu me gwüsst het, es git öpper, wo eim bsunders gärn het, wo jede Tag wartet, dass me ne aaluegt u nem zuelächlet u chly rot wird derby. Es het müesse nes Gheimnis blybe, vor auem d Giele heis nid dörfe merke. Nume der beschte Fründin het sis chönne säge, wiu me wenigschtens mit eim Mönsch drüber het müesse rede, mi hätts süsch nid usghaute, es het eim fasch vertätscht vor Wöhli. Gäu, du verratisch nüüt, Ehrewort!, u d Fründin het gschwore, si sägs niemerem, u gly drufabe heis du haut glych aui gwüsst u se höch gno, un es het gheisse: Di gö zäme! U vo denn aa hei si sech nach der Schueu gwartet, sy meischtens zäme heiggange, ömu bis zur Brügg, wo si i verschidnigi Richtige hei müesse wytergah, u hei chuum gwagt, enand schnäu d Hand z gä, wi we si sech verbrönnt hätte, we si sech z naach wäre cho. Oder wi im Märli, wo me di dryzähti Tür nid darf uftue, süsch würd öppis Unghüürs passiere.

Zäme rede isch nid eifach gsi. D Wörter sy ne fasch im Haus blybe stecke. Viu lieber hei si sech Briefe gschribe, längi Briefe, richtigi Liebesbriefe, wi we si scho erwachse wäre gsi. Bym Schrybe het me aui Hindernis chönne überwinde, mi isch nümm schüüch u ghemmt gsi, d Sätz hei sech wi vo säuber bbiudet, u mi het sech ungschiniert chönne umarme u sogar küsse u ewigi Tröji verspräche. We si scho nume d Schrift vo nem het gseh, di harmonische Böge vo de Vokale, ischs ere ganz anders worde.

Wiso het si de usgrächnet di Briefe nid ufbewahrt, di Botschafte voneren erschte grosse, vor auem ir Phantasie erläbte Liebi, wo si hundertmau gläse u znacht under ds Chopfchüssi gleit het? Was isch passiert mit däm Bygeli Briefe, wo me mit emene rote Sametbändeli müesst zämebinde u irgendwo imene Schaft oder zunderscht unde inere Schublade sött verstecke u se ersch wider läse, we me ganz aut isch? Het si se heimlech verbrönnt, dass si nid i fautschi Händ sy cho? Nei, si het se gopferet, se zu Fötzeli verrisse, wo me nümm het chönne läse, u het se i Bach gheit. Si het lang zuegluegt, wi si zersch no uf der Oberflächi vom Wasser gschwumme sy, wi sech d Tinte nahdisnah ufglöst het, wi ds Papier nass u schwär isch worde u pötzlech gsunken isch. Si hets chuum ertreit, sech vorzsteue, si chönnte vo Fische gfrässe wärde. I däm Momänt het si o gwüsst, dass di Briefe i iren inne wärde wyterläbe u fasch jedes Wort wider würd uftouche, irgendeinisch, grad denn, we sis am wenigschte würd erwarte, u das het se tröschtet.

Einisch het si am Morge erfahre, er syg chrank, u si hets nid usghaute, het es Stück säuberbbachete Chueche samt emene Zedeli mit guete Wünsch ypackt u isch nach der Schueu a Rosewäg ggange, won er gwohnt het. Söu i ächt lüte oder gschyder nid, vilicht sy si am Ässe un i störe, het si sech minutelang gfragt u wär bimene Haar wider umgchehrt. Es het kes Lüti gha, derfür e Türchlopfer us Messing, un es het se wunder gno, wi dä tönt. Lut gnue, dass sy Mueter gly einisch d Tür ufta het, e chlyni Frou mit emene liebe Gsicht un eme autmodische Bürzi. Si isch zündgüggurot worde, het probiert z grüesse u öppis z säge, aber der Satz isch ganz chrumm usecho, wiu si sech schiniert het u si a ds Wort «Schwigermueter» het müesse dänke. Zum Glück het die sofort gmerkt, um was es ggangen isch, het glächlet, ds Päckli entgägegno u gseit, si gäbs gärn, ire Suhn würd sech fröie über das Tröschterli, er heig nume chly Fieber u chömm gly wider i d Schueu.

Viu speter, nach der nüünte Klass, sy si beidi jede Tag mit em Zug vom Dorf i d Stadt gfahre u hei dört verschidnigi Mittuschuele bsuecht. Er het jede Morge am Bahnhof uf se gwartet u isch im Zug vis-à-vis gsässe, u si sy beidi so unerfahre u ghemmt gsi, dass si nid hei gwüsst, wi si mit irne Gfüeu söuen umgah, di gägesytigen Erwartige sy i ds Uferlose gstige u hei se glähmt. Si het sech gly einisch yggängt gfüeut; er isch geng ir Neechi gsi, viu z lieb u z tröi. Si het ke Schritt meh eleini chönne mache, u we si sech uf der Strass einisch umgchehrt het, isch er wi ne Schatte hinder ire cho z loufe, wi wen er se würd überwache oder rund um d Uhr müesst beschütze. Si hets nid lenger möge verlyde, dass er so aahänglech isch gsi, si het weue frei sy u het ihm das einisch uf der Heifahrt im Zug grediuse gseit. Du schlychsch mer nache. La mi doch mau i Rue, i bi doch kes chlys Chind, i mues frei sy! Im glyche Momänt het si gwüsst: I ha ne verletzt u mache ne grosse Fähler! Was het si jitz gha vo dere sogenannte Freiheit? Er het sech nämlech schnäu tröschtet, mit eren andere, usgrächnet eire, wo si guet kennt het, u di beide sy scho gly unzertrennlech gsi. Si het se jede Tag Arm in Arm müesse gseh dür d Strasse spaziere u lache u schätzele, un es het ere jedesmau e Stich i ds Härz ggä, u si het gwüsst, si het ne verlore – u isch säuber tschuld gsi. Si het für ire Fähler, wi si däm gseit het, müesse büesse. Ersch hindedry het si würklech gwüsst, dass si ne geng no gärn het gha, viu meh u viu töiffer, aus si gmeint het. Es isch z spät gsi. Si het glitte u iri heimlechi Liebi isch geng stercher worde. Si het uf enes Wunder gwartet u ganzi Tagebüecher müesse vouschrybe, für ire Schmärz u iri Truur z verwärche.

Mängisch laat es Grüüsch, e Gruch oder d Art, wi sech öpper bewegt oder lachet, d Erinnerige a dä bsundrig Zouber vo der erschte Liebi la ufläbe. No hütt dänkt si jedes Jahr a sym Geburtstag a ihn u gseht ne vor sech, unveränderet, jung bblibe, gspürt ne näb sech uf em Heiwäg vo der Schueu, gseht syni Händ mit de churzgschnittnige ovale Fingernegu, ghört sy Stimm, echly ruuch, churz vor em Stimmbruch, u weis, si wird ne geng gärn ha – mit em ganze versteckte Füür vom Meitli, wo si einisch isch gsi.

Es isch höchschti Zyt, dass si e schöni Charte chouft un ihm aus Glück vo der Wäut wünscht zur Hochzyt mit der Antonia.